PROMESA DE DESEO
MAISEY YATES

Editado por Harlequin Ibérica.
Una división de HarperCollins Ibérica, S.A.
Núñez de Balboa, 56
28001 Madrid

I.S.B.N.: 978-84-687-8918-7
Depósito legal: M-34160-2016
Impresión en CPI (Barcelona)
Fecha impresion para Argentina: 12.6.17
Distribuidor exclusivo para España: LOGISTA
Distribuidores para México: CODIPLYRSA y Despacho Flores
Distribuidores para Argentina: Interior, DGP, S.A. Alvarado 2118.
Cap. Fed./Buenos Aires y Gran Buenos Aires, VACCARO HNOS.

Capítulo 1

KAIROS miró a la mujer pelirroja que estaba sentada al otro lado del bar, acariciando el borde de la copa con sus delicados dedos mientras sus labios rojos esbozaban una invitadora sonrisa.

Era bella, voluptuosa. Destilaba deseo, sexualidad. No había nada sutil o refinado en ella. Nada tímido o recatado.

Podría tenerla si quisiera. Aquella era la fiesta de Nochevieja más exclusiva y privada de Petras y todos los invitados habían sido seleccionados cuidadosamente. No había prensa ni buscavidas con oscuras intenciones. Podría tenerla sin consecuencias.

A ella no le importaría la alianza que llevaba en el dedo.

No estaba seguro de por qué seguía importándole a él. Ya no tenía relación con su mujer. No la había tocado en muchas semanas y Tabitha apenas le había dirigido la palabra en los últimos meses. Desde Navidad se había mostrado particularmente fría y en parte era culpa suya porque lo había oído contarle cosas poco halagadoras sobre su matrimonio a su hermano menor. Pero todo lo que había dicho era verdad y Tabitha lo sabía tan bien como él.

La vida sería más sencilla si pudiese tener a la pelirroja esa noche y olvidarse de la realidad. Pero no la deseaba. La verdad era tan clara como inconveniente.

Su cuerpo no quería saber nada de voluptuosas pelirrojas. No deseaba nada más que la fría y rubia belleza de su mujer, Tabitha. Ella era la única que atizaba sus fantasías, la única que inflamaba su imaginación.

Era una pena que el sentimiento no fuera mutuo.

Sonriendo, la pelirroja se levantó para cruzar la sala y llegar a su lado.

—¿Está solo esta noche, Majestad?

«Todas las noches».

—La reina no estaba de humor para ir de fiesta.

Ella hizo un puchero.

—¿Ah, no?

—No.

Era mentira. No le había dicho a Tabitha que iba a salir. En parte, seguramente para molestarla. Cuando hacían apariciones públicas ponían buena cara para la prensa y también el uno para el otro.

Esa noche, ni siquiera se había molestado en fingir.

La pelirroja se inclinó, envuelta en una nube de perfume, rozando su oreja y el cuello de su camisa con los labios.

—Me he enterado de que nuestro anfitrión tiene una habitación reservada para clientes que prefieren un poco más de... intimidad.

No había nada ambiguo en esa frase.

—Eres muy descarada —le espetó Kairos—. Tú sabes que estoy casado.

—Cierto, pero hay muchos rumores sobre su matrimonio. Y estoy segura de que lo sabe.

Se le encogió el estómago. Si las grietas de su matrimonio eran evidentes para el público...

—Tengo cosas mejores que hacer que leer revistas de cotilleos sobre mi vida —replicó. Él vivía su trágico matrimonio, no le hacía falta leer nada.

La pelirroja esbozó una sonrisa.

—Yo no. Si quiere escapar de la realidad, estoy dis-

ponible durante unas horas. Podríamos entrar en el nuevo
año con buen pie.

«Escapar de la realidad». Kairos se sentía tentado.
No físicamente, sino de un modo oscuro, retorcido, que
lo hacía sentir enfermo. Querría sacudir los cimientos
de Tabitha, hacer que lo viese de otro modo. No como
algo fijo en su vida que podía ignorar a voluntad, sino
como un hombre. Un hombre que no siempre se por-
taba bien. Que no siempre cumplía sus promesas. Que
tal vez no siempre estaría a su lado.

Para ver cómo reaccionaba. Para ver si le importaba.

O si su relación había muerto del todo y para siempre.

Pero no hizo nada más que levantarse para apartarse
de la mujer y de la tentación que representaba.

—No, me temo que esta noche no.

Ella se encogió de hombros.

—Podría haber sido divertido.

«Divertido». Kairos no estaba seguro de saber qué
era eso. No había nada divertido en sus pensamientos.

—Yo no hago cosas divertidas, tengo un deber que
cumplir.

Ni siquiera era medianoche y ya estaba dispuesto a
marcharse. Unos meses antes, su hermano, Andres, hubiera estado allí, dispuesto a llevarse en brazos a la mujer
rechazada o a cualquier otra mujer que estuviese buscando pasar un buen rato con el príncipe de Petras.

Pero Andres estaba casado. Más que eso, estaba
enamorado. Era algo que Kairos jamás pensó ver: su
hermano menor atado a una sola mujer.

Le ardía el estómago como si tuviera ácido en él.

Kairos salió de la discoteca, subió al coche que lo
esperaba y le ordenó al chófer que lo llevase de vuelta
al palacio.

Había pasado otro año. Otro año sin heredero. Por

eso le había ordenado a Andres que se casara. Tenía que enfrentarse a la posibilidad de que Tabitha y él no pudieran tener un hijo que heredase el trono de Petras.

Ese deber podría recaer en Andres y su esposa, Zara.

Cinco años de matrimonio y aún no tenían hijos. Cinco años y lo único que tenía era una esposa que podría estar en otro sitio incluso cuando estaban en la misma habitación.

El coche atravesó las enormes puertas de hierro situadas frente al palacio y se dirigió a la impresionante entrada. Kairos se bajó sin esperar a que el chófer le abriese la puerta y, en tromba, se dirigió hacia la escalera. Podría ir a la habitación de Tabitha para decirle que era hora de intentar engendrar un hijo una vez más, pero no estaba seguro de poder soportar su frío recibimiento.

Cuando estaba dentro de ella, apretado contra ella, piel con piel, seguía sintiendo que estaba a kilómetros de distancia.

No, no le apetecía tomar parte en esa farsa, aunque terminase en un orgasmo. Para él.

Y tampoco quería irse a la cama todavía.

De modo que se dirigió a su despacho para tomar una copa. Solo.

Empujó la puerta y se detuvo. Las luces estaban apagadas y la chimenea encendida creaba un brillo anaranjado en la habitación. Sentada en el sillón, frente al escritorio, estaba Tabitha, con sus largas y esbeltas piernas desnudas bajo un vestido más bien discreto y las manos colocadas con elegancia sobre el regazo. Su expresión era serena y no cambió cuando lo vio entrar. Solo advirtió un ligero brillo en sus ojos azules y el vago movimiento de una ceja.

Lo que no había sentido cuando la pelirroja se acercó en la discoteca despertó a la vida entonces, como si las llamas hubieran escapado de la chimenea, envolviendo fieros tentáculos a su alrededor.

Apretó los dientes para controlar esa sensación; para controlar el deseo que amenazaba con hacerlo perder el control.

—¿Habías salido? —le preguntó ella, su tono era tan quebradizo como el cristal, helando el ardor que lo había abrumado de forma momentánea.

Kairos se dirigió al bar que estaba al otro lado de la habitación.

—¿He salido, Tabitha?

—No he estado buscándote por todo el palacio. Podrías haberte escondido en alguna parte.

—Si no estaba aquí, o en mi habitación, entonces era seguro pensar que había salido —Kairos tomó una botella de whisky, abierta por su bella intrusa, y se sirvió una generosa cantidad en un vaso.

—¿Ese tono irónico es necesario? Si has salido, di que has salido —Tabitha hizo una pausa, clavando los ojos en el cuello de su camisa—. ¿Y qué has estado haciendo? —su tono había pasado de cristal a acero en cuestión de sílabas.

—He estado en una fiesta de Año Nuevo. Eso es lo que la gente suele hacer durante estas fiestas.

—¿Desde cuándo vas a fiestas?

—Frecuentemente, y tú sueles acompañarme.

—Quiero decir, ¿cuándo vas a fiestas solo con el propósito de divertirte? —Tabitha lo miraba con expresión seria—. No me has invitado.

—No era una fiesta oficial.

—Entiendo —dijo ella, levantándose de repente para tomar unos papeles del escritorio en los que Kairos no se había fijado hasta ese momento.

—¿Estás enfadada porque querías ir a la fiesta?

Había dejado de intentar entender a su mujer.

–No –respondió ella–, pero me molesta un poco la mancha de carmín rojo del cuello de tu camisa.

De no ser por tantos años de práctica controlando sus reacciones, Kairos podría haber soltado una palabrota. No había pensado en la mancha de carmín después del breve contacto con la pelirroja.

–No es nada.

–Ya me imagino –dijo ella con tono medido, firme–. Y, aunque fuese algo, me daría igual.

Kairos se quedó sorprendido por el impacto de esa frase, por lo duramente que lo golpeó. Sabía que le daba igual. Era evidente por su actitud hacia él, por cómo giraba la cara cuando intentaba besarla, por cómo se encogía cuando se acercaba. Como poco, le era indiferente. Como mucho, le daba asco. Por supuesto, le daría igual si hubiera encontrado solaz en los brazos de otra mujer mientras no lo buscase con ella. La única razón por la que había soportado sus caricias durante tanto tiempo era la esperanza de tener hijos; una esperanza que iba disminuyendo con cada día que pasaba.

Tabitha debía de haberse rendido del todo, pensó. Algo de lo que debería haberse dado cuenta porque hacía meses que no iba a su cama.

Y no tenía sentido defenderse. Si le daba igual, no tenía sentido hablar de ello.

–¿Qué estabas haciendo aquí? ¿Bebiéndote mi whisky?

–He tomado un poco –respondió ella, tambaleándose ligeramente, perdiendo la compostura por primera vez.

Era tan raro en ella... Tabitha se controlaba a sí misma con mano de hierro. Siempre había sido así. Incluso años atrás, cuando solo era su secretaria.

–Lo único que tienes que hacer es llamar a un criado y pedir que lleve una botella a tu habitación.

–Mi habitación –Tabitha se rio, vacilante–. Sí, claro, lo haré la próxima vez. Pero estaba esperándote.

–Podrías haberme llamado.

–¿Y habrías respondido al teléfono?

La sincera respuesta a esa pregunta no lo dejaría en buen lugar. La verdad era que a menudo ignoraba sus llamadas cuando estaba ocupado. No mantenían conversaciones personales. Ella no llamaba nunca solo para escuchar su voz y, por lo tanto, ignorarla no le parecía nada personal.

Tabitha esbozó una sonrisa forzada.

–Seguramente no lo habrías hecho.

–Bueno, pero ahora estoy aquí. ¿Qué es tan importante que tenemos que solucionarlo a medianoche?

Tabitha empujó los papeles en su dirección. Por primera vez en meses, Kairos vio un brillo de emoción en los ojos de su esposa.

–Documentos legales.

Kairos miró los papeles y luego a ella, incapaz de entender por qué le entregaba unos papeles a medianoche el día de Nochevieja.

–¿Por qué?

–Porque quiero el divorcio.

Capítulo 2

TABITHA se sentía como si estuviera hablando debajo del agua. Se imaginaba que era el alcohol lo que hacía que se sintiera aturdida. Desde el momento en que entró en el despacho con los papeles en la mano, todo le parecía ligeramente irreal. Después de una hora esperando a que su marido apareciese, decidió abrir una botella de su whisky favorito y tomar una copa. Y había seguido bebiendo mientras las horas pasaban.

Y, cuando por fin apareció, casi a medianoche, llevaba una mancha de carmín en el cuello de la camisa.

En ese momento agradeció haber bebido. Sin la ayuda del alcohol, el impacto de ese golpe podría haber sido fatal. Aunque estaba en el despacho de su marido pidiendo el divorcio. Sabía que su matrimonio estaba roto de forma irrevocable. Kairos había querido una cosa de ella, solo una cosa, y había fracasado en esa tarea.

La farsa había terminado. No tenía sentido seguir.

Pero no se había esperado aquello, la prueba de que su helado, responsable, solícito y nunca apasionado marido había estado con otra mujer. De fiesta. Por placer.

«¿De verdad creías que iba a quedarse esperando cuando te niegas a admitirlo en tu cama?».

Su monólogo interior era áspero esa noche. Y también innegable. Kairos era frío, pero había creído que, al menos, era un hombre de palabra. Había estado dispuesta a liberarlo de ella, a liberarlos a los dos. No se le había ocurrido que disfrutase como un hombre soltero mientras seguían casados.

«Como si tu matrimonio fuese de verdad. Como si esas promesas tuviesen algún valor».

–¿Quieres el divorcio? –el tono cortante penetró en sus pensamientos y la devolvió al presente.

–Ya me has oído.

–No lo entiendo –dijo Kairos, sus ojos oscuros brillaban con una emoción que nunca había visto antes.

–Tú no eres tonto –replicó ella, el alcohol le daba valor–. Creo que sabes muy bien lo que significa la palabra «divorcio».

–No entiendo lo que significa viniendo de tus labios. Eres mi mujer y me hiciste promesas. Tenemos un acuerdo.

–Y el acuerdo no es amar, honrar y cuidar, sino presentar un frente unido ante el país y tener hijos. Pero no he sido capaz de concebir un hijo, como tú sabes muy bien. ¿Por qué seguir adelante? No somos felices.

–¿Desde cuándo te importa ser feliz?

El corazón de Tabitha se encogió como si él lo hubiese apretado entre sus fuertes manos.

–Algunas personas dirían que la felicidad es importante en la vida.

–Esas personas no son el rey y la reina de un país. No tienes derecho a dejarme –le advirtió él, con un brillo airado en los ojos.

Y, de repente, fue como si las llamas de esos ojos inflamasen el alcohol en su sangre. Tabitha explotó.

Tomó el vaso de whisky y lo lanzó con todas sus fuerzas contra la pared, a unos centímetros de Kairos, que se apartó con expresión fiera.

–¿Qué demonios estás haciendo?

No lo sabía. Nunca había hecho algo así en toda su vida. Despreciaba ese tipo de comportamiento emocional, apasionado, ridículo. Ella valoraba el control.

Esa era una de las muchas razones por las que había aceptado casarse con Kairos, para evitar momentos como aquel. Lo respetaba y, una vez, incluso había disfrutado de su compañía. Su relación había estado basada en el respeto mutuo, pero también en su necesidad de encontrar una esposa rápidamente. Las discusiones, los gritos, tirar cosas... eso jamás había formado parte de su relación.

Pero Tabitha ya no podía controlarse.

–Vaya –dijo, fingiendo sorpresa–, te has dado cuenta de que estoy aquí.

Antes de que pudiera reaccionar, Kairos cruzó la habitación en dos zancadas y la empujó hasta que su trasero chocó contra el escritorio. Irradiaba ira; su rostro, que normalmente parecía esculpido en piedra, mostraba más emoción de la que ella había visto en los últimos cinco años.

–Tienes toda mi atención. Si ese era el objetivo de esta pataleta, lo has conseguido.

–No es una pataleta –se defendió ella, con la voz vibrando de rabia–. He ido a ver a un abogado. Esos documentos son auténticos, no amenazo en vano. Es la decisión que he tomado.

Kairos le levantó la barbilla con un dedo, obligándola a mirarlo a los ojos.

–No sabía que tuvieras autoridad para tomar decisiones que nos conciernen a los dos.

–Eso es lo bueno del divorcio, que puedo tomar decisiones por mi cuenta.

Kairos agarró su pelo y tiró hacia atrás de su cabeza.

–Perdone, Majestad, no sabía que su puesto en este país estuviese por encima del mío.

Nunca le había hablado de ese modo, nunca la había tocado así. Debería enfadarse, encolerizarse, pero lo que experimentaba era una emoción bien diferente. Al principio, la promesa de esa pasión había brillado entre ellos, pero había ido enfriándose con el paso de los años. Tuviese el potencial que tuviese, la pasión se había apagado del todo tras cinco años de indiferencia.

—No sabía que te hubieras convertido en un dictador.

—¿No estoy en mi casa? ¿No eres mi esposa?

—¿Lo soy? ¿En algún sentido importante? —Tabitha levantó una mano para rozar la mancha de carmín rojo con el pulgar—. Esto dice otra cosa —exclamó, dando un tirón que hizo saltar un botón del cuello de la camisa.

Kairos esbozó una sonrisa mientras volvía a tirar de su pelo.

—¿Eso es lo que piensas de mí? ¿Crees que he estado con otra mujer?

—Esto demuestra que sus labios han tocado tu camisa. Me imagino que también habrán tocado otras partes de tu cuerpo.

—¿Crees que soy un hombre que rompe sus promesas matrimoniales? —insistió él con voz ronca.

—¿Cómo voy a saberlo? Ni siquiera te conozco.

—¿No me conoces? —el tono de Kairos era suave y más letal por ello—. Soy tu marido.

—¿Lo eres? Perdóname, pensé que solo eras mi semental.

Kairos soltó entonces su pelo para envolver un brazo en su cintura y apretarla contra su cuerpo. Estaba duro, ardiente. Por todas partes. Notar eso hizo que los latidos de su corazón se acelerasen. Estaba excitado. Por ella. Su circunspecto marido, que apenas arrugaba las sábanas cuando hacían el amor, estaba excitado en medio de una pelea.

–¿Y cómo puede ser eso, *agape*, cuando no me has dejado acercarme en casi tres meses?

–¿Era yo quien no te dejaba acercarte o tú quien no se ha molestado en acercarse a mí?

–Un hombre se cansa de acostarse con una mártir.

–Una mujer siente lo mismo –replicó Tabitha, agarrándose a su ira para que el deseo no se apoderase de ella, ahogándola, robándole el control.

Kairos empujó las caderas hacia delante, apretando el miembro duro contra su vientre.

–¿Te parezco un mártir ahora mismo?

–Siempre he creído que es el brillante futuro de Petras lo que te anima cuando te acuestas conmigo.

Kairos, airado, tiró del vestido. Tabitha oyó que la tela se rasgaba y notó el aire fresco en su piel desnuda.

–Sí –respondió con tono venenoso–. Soy así de estirado. Evidentemente, ver tu cuerpo desnudo no me excita nada –tiró hacia abajo del vestido, desnudando sus pechos, cubiertos solo por un sujetador de encaje casi transparente–. Es insoportable para mí.

Se inclinó hacia delante para besarle el cuello con la boca abierta, el contacto fue tan sorprendente, tan diferente a todo lo que había habido entre ellos hasta entonces que Tabitha no pudo controlar un grito de sorpresa y placer.

–¿Con quién más has hecho esto esta noche? –le preguntó, intentando empujarlo–. ¿Con la mujer del carmín rojo? ¿Voy a beneficiarme de lo que ella te ha enseñado?

Kairos no dijo nada. Se limitó a mirarla con esos ojos oscuros, tan brillantes.

Abrumada de dolor y rabia, tiró del nudo de su corbata hasta que consiguió quitársela. Luego agarró la pechera de la camisa, abriéndola de un tirón, los botones saltaron por el suelo de mármol.

Se detuvo luego, respirando con dificultad. Era tan hermoso... Siempre lo había sido. Se había sentido atraída por él desde el primer momento. Entonces era tan joven, tan ingenua... A los diecinueve años, lejos de casa por primera vez, estaba encandilada por su nuevo jefe.

Por supuesto, jamás se hubiera imaginado que una joven estadounidense que había ido a Petras en un programa de estudios tendría alguna oportunidad con el rey de ese país.

Curiosamente, en ese momento le parecía más fascinante que nunca. Se había acostado con aquel hombre durante cinco años. Lo había visto desnudo innumerables veces. El misterio debería haber desaparecido. Sabía que no incendiaban las sábanas, nunca había sido así. Era culpa suya, al menos eso había creído siempre. Kairos era su único amante, de modo que no podía compararlo con nadie.

Aparentemente, Kairos buscaba mujeres que se pintaban los labios de rojo y con ellas las cosas eran diferentes. Él era diferente.

La rabia se mezclaba con el deseo que se amotinaba en su interior.

Pasó las manos por el torso masculino, con el calor de su piel quemándola. Debería sentirse asqueada. No debería querer tocarlo, pero lo deseaba tanto... Si había estado con otra mujer, la borraría de su mente. La borraría de su cuerpo con el suyo. Haría lo que no había conseguido hacer en esos cinco años de matrimonio: que Kairos la desease.

Y entonces lo dejaría.

Se inclinó hacia delante para rozarle el mentón con los dientes y él emitió un gruñido mientras tiraba hacia abajo del vestido, dejando que cayera al suelo. Tabitha no lo reconocía en ese momento, no se reconocía a sí misma.

–¿Has estado con otra mujer? –formuló la pregunta con los dientes apretados mientras le desabrochaba la hebilla del cinturón.

Kairos se inclinó hacia delante, buscando su boca en un beso violento, duro. Hiriente. La obligó a abrir los labios con la lengua, deslizándose en su boca profunda e implacablemente. La pregunta sin respuesta hervía entre ellos, atizando la llama del deseo.

Kairos tiró hacia abajo del sujetador para descubrir sus pechos e inclinó la cabeza para tomar un erecto pezón con los labios y tirar con fuerza. Tabitha gimió, enredando los dedos en su pelo, sujetándolo contra ella. Quería castigarlo por esa noche, por los últimos cinco años. No sabía qué hacer más que castigarlo con el deseo que llevaba tanto tiempo ocultando. Hasta esa noche nunca se habían levantado la voz y, sin embargo, Kairos se mostraba más apasionado que nunca.

Tal vez a él le pasaba lo mismo. Era un castigo, pero uno al que Tabitha se sometería con gusto. Porque ella saldría de aquello dolida, destruida, pero él tampoco saldría ileso del encuentro.

Kairos deslizó la lengua entre sus pechos, dejando un rastro abrasador, antes de reclamar su boca por fin. Metió una mano entre ellos para liberar su miembro, ardiente y duro como nunca.

Tabitha puso las manos sobre sus hombros y deslizó hacia atrás la camisa, rozándolo con las uñas, disfrutando del gruñido que él emitió como respuesta.

Entonces, de repente, él la sentó sobre el escritorio para colocarse entre sus muslos abiertos y empujó su miembro contra la húmeda y sensible carne, aún oculta por las bragas, enviando una oleada de placer por todo su cuerpo.

–Respóndeme –insistió ella, clavando las uñas en sus hombros.

Kairos apartó a un lado sus bragas para rozar el escondido y sensible capullo con las puntas de los dedos.

—¿Quieres saber si he hecho esto con otra mujer? —su tono era ronco, jadeante, mientras empujaba el glande hacia su entrada.

—Responde a mi pregunta —insistió ella, casi sin despegar los labios.

—Creo que eso no cambiaría nada.

Tabitha notó que le ardía la cara de vergüenza. Tenía razón. En aquel momento no podría decir que no.

—¿Por eso no me lo dices? ¿Por miedo a que me aparte?

—Estoy acostumbrado a que te apartes, Tabitha. ¿Por qué voy a perder el tiempo lamentándolo?

Ella deslizó las manos por su ancha espalda y apretó su trasero.

—Lamentarás esto —murmuró, empujando las caderas hacia delante para sentir el roce de su miembro—. Lamentarás perder esto.

—No —dijo él.

Y a Tabitha se le encogió el corazón. Por un momento pensó que quería decir que no lamentaría perderla. Que, de nuevo, solo ella estaba experimentando una emoción diferente.

—No he tocado a ninguna otra mujer. Ella me hizo proposiciones... me susurró al oído. Y yo le dije que no.

La besó antes de hundirse en su cuerpo y, cuando ella dejó escapar un gemido, aprovechó para besarla apasionadamente mientras empujaba las caderas hacia delante, apartándose ligeramente antes de enterrarse del todo en su interior.

Un gemido ronco escapó de sus labios, el placer fue como una descarga eléctrica por todo su cuerpo. Tabitha envolvió las piernas en su cintura, animándolo, urgiéndolo a ir más deprisa. No tenía paciencia. No que-

ría hacer un esfuerzo para controlarse. No había nada
más que él, nada más que aquello. Nada más que cinco
años de rabia y frustración quedando al descubierto a
medida que se libraban de las inhibiciones.

Notó las sacudidas del cuerpo de Kairos, el placer
robándole el control. Y le gustó. Se sintió orgullosa,
pero no era suficiente. Quería darle placer, desde luego.
Quería que pensara en aquello más tarde, que lamen-
tase los años que habían desperdiciado. Que recordase
ese momento y le doliese para siempre, durante el resto
de su vida. Daba igual que volviera a casarse, que otra
mujer le diese hijos o no. Quería que pensase en ella
para siempre.

Pero el placer no era suficiente. También quería castigarlo y le clavó las uñas en los hombros antes de in-
clinar la cabeza para morderlo en el cuello con todas
sus fuerzas. Kairos empujó las caderas hacia delante
para rozar el sensible capullo y Tabitha supo que estaba
intentando hacer lo mismo que ella. Como si se mereciese su ira. Como si ella se mereciese aquel placer airado. Él era el responsable del fracaso de su matrimonio, aquello era culpa suya.

Recibía cada embestida sin echarse atrás, respondía
a cada gemido con uno suyo. Había sido pasiva durante
demasiado tiempo. La esposa perfecta que nunca era
suficiente. Entonces, ¿para qué molestarse? ¿Por qué
no romper del todo?

Cerró los ojos, besándolo con toda la rabia, el deseo
y el pesar que tenía dentro, el gesto los empujaba a los
dos al precipicio. Había pasado tanto tiempo... No solo
desde la última vez que estuvo con él, sino desde que
había encontrado placer entre sus brazos. Tantos meses
acostándose juntos cuando estaba en el periodo óptimo
del ciclo; encuentros superficiales que no significaban
nada y que no sabían a nada.

Aquella noche era diferente. Había tenido orgasmos antes, pero nada parecido a aquello. Nada tan apasionado, tan devastador. Era una experiencia completamente diferente. Estaba cayendo en la oscuridad sin saber cuándo llegaría al fondo. Lo único que sabía era que llegaría y sería más doloroso que nunca. Pero por el momento solo estaba cayendo, con él.

Su última vez. La última vez que estarían juntos.

Le daban ganas de llorar. Aquel era el final para ellos. El último clavo en el ataúd de su matrimonio. Y lo necesitaba desesperadamente. Y le dolía. Quería transportarse a sí misma al futuro, a un momento en el que ya estaría curada de las heridas que quedarían cuando se separasen por fin. Un momento en el que hubiese aprendido a ser solo Tabitha otra vez, y no Tabitha, la reina de Petras, la esposa del rey Kairos. Solo Tabitha.

Sin embargo, le gustaría que aquel momento durase para siempre. Querría agarrarse a él y no soltarlo nunca.

Y por eso tenía que apartarse. Necesitaba apartarse.

El placer se alargó, el empuje de las olas no parecía cesar y Tabitha no encontraba aliento. No podía pensar. No era justo. ¿Por qué tenía que pasar precisamente cuando había decidido pedir el divorcio? Siempre había creído que aquello estaba a su alcance, que podía ser liberado de algún modo, pero nunca habían encontrado la forma de hacerlo. Hasta ese momento. Ese último momento.

Por fin, la tormenta cesó, dejándolos saciados, agotados. Tabitha estaba exhausta, no le quedaba nada que dar. Ni rabia, ni deseo. Solo una tristeza infinita por aquello en lo que se había convertido su vida.

Miró al hombre que la abrazaba, el hombre que seguía dentro de ella. El hombre al que había hecho promesas matrimoniales.

Un hombre que seguía siendo un extraño cinco años después de hacer el amor con él por primera vez.

–Te odio –le espetó, con un tono destemplado que la sorprendió hasta a ella misma. Una lágrima se deslizó por su mejilla y no se molestó en apartarla–. Por cada uno de los cinco años que has desaprovechado, te odio. Por ser mi marido, pero no haberlo sido nunca de verdad. Por no darme un hijo. Por hacer que te desee...

Kairos se apartó, mirándola con expresión seria.

–A ver si lo adivino, también me odias por eso.

–Así es. Pero lo bueno es que después de hoy no tendremos que volver a vernos.

–No lo creo, *agape*. Creo que tendremos que volver a vernos muchas veces. Nuestro divorcio será muy complicado. Habrá que lidiar con los medios, con el público... habrá muchos días en los tribunales...

–Firmamos un acuerdo prematrimonial y recuerdo bien los términos –lo interrumpió ella–. No recibiré nada y me parece bien. Ya he recibido más que suficiente de ti.

Kairos no apartó la mirada mientras se inclinaba para vestirse a toda prisa.

Ya estaba, todo había terminado.

Se dirigió a la puerta con las piernas temblorosas, moviéndose como empujada por las olas.

–Tabitha –la llamo él con tono seco–. Quiero que sepas que yo no te odio.

–¿Ah, no? –cuando se volvió para mirarlo se encontró con el rostro impenetrable de una estatua.

Él negó con la cabeza, despacio, sin dejar de mirarla a los ojos.

–No, lo que siento... –Kairos hizo una pausa–. No siento nada.

Tabitha sintió como si la hubiese apuñalado en el corazón. La angustia reemplazó al placer, a la satisfacción que había experimentado unos minutos antes. No sentía nada. Incluso en aquel momento, no sentía nada.

Tuvo que aferrarse a la rabia para no derrumbarse.

—Acabas de hacerme el amor sobre un escritorio, en tu despacho —le recordó—. Deberías sentir algo.

Se hacía la valiente. Era eso o ponerse a llorar.

La expresión de Kairos seguía siendo impasible.

—No eres la primera mujer a la que hago mía en este despacho.

Tabitha tragó saliva, parpadeando para controlar las lágrimas. Si le hubiese gritado, si hubiese dicho que él también la odiaba, se habría preguntado si estaba haciendo lo correcto. Pero esos ojos negros, sin alma, no mentían. No sentía nada. Le era indiferente incluso en ese momento.

Había oído decir que el odio era mortal, pero ella sabía que no era así. Era la indiferencia lo que mataba. Y Kairos la había dejado herida de muerte.

—Le deseo suerte en su búsqueda de una nueva esposa, Majestad —le espetó.

Y luego salió del despacho, y de su vida.

Capítulo 3

DÓNDE está tu mujer, Kairos?

El príncipe Andres, su reformado hermano, entró en el despacho. Los cristales del vaso que Tabitha había roto dos días antes seguían en el suelo y también la mancha oscura en el papel pintado de la pared porque no había querido que nadie entrase en esa habitación.

Era un recordatorio de lo que había ocurrido la noche que Tabitha se marchó. Se lo decía casi tan alto como su maldita conciencia.

«No siento nada».

Mentira. Por supuesto que era mentira. Ella lo había desnudado, lo había dejado reducido a una masa de deseo que no podía controlar.

Otra mujer que se alejaba de él amenazando con dejarlo solo, con su orgullo sangrando.

No podía permitirlo, otra vez no. Por eso le había dicho que no sentía nada.

Y Tabitha se había ido.

–¿Por qué lo preguntas? ¿Qué has oído? –Kairos no se molestó en darle una explicación sobre la mancha de la pared, que su hermano estaba mirando en ese momento.

–No mucho. Zara me ha dicho que llamó para preguntar si ibas a usar el ático esta semana y me pregunté por qué demonios tendría Tabitha que recurrir a subterfugios para saber qué hacía su marido.

Kairos apretó los dientes, mirando los cristales del suelo.

«No siento nada».

Ojalá fuese cierto. Sentía... ni siquiera podía ponerle nombre a las emociones que se amotinaban en su interior. Se sentía encolerizado, traicionado. Tabitha era su mujer. La había convertido en reina de Petras y ella tenía la osadía de traicionarlo.

—¿Ninguna explicación?

—Seguramente quería ir de compras sin miedo a las consecuencias.

—Ya, claro. ¿Las arcas de Petras están tan vacías que teme que te enfades? ¿O es que ya no hay espacio para los zapatos en su vestidor?

Kairos no sabía nada sobre el vestidor de Tabitha. Nunca había mirado nada, aparte de la cama, cuando estaba en su habitación.

—Me ha dejado —dijo por fin, las palabras fueron como ácido en su lengua.

Andres tuvo la decencia de parecer sorprendido. Algo curioso porque a su libertino hermano no le sorprendía nada.

—¿Tabitha te ha dejado?

—Sí.

—¿Tabitha, que apenas frunce el ceño en público por miedo a provocar un escándalo?

Kairos se pasó una mano por la cara.

—Es la única Tabitha que conozco.

—No me lo creo.

—Yo tampoco —admitió él, mirando los cristales del suelo, como restos de un accidente de tráfico en la autopista. Sí, ese sería un buen símil de los últimos días.

«Te odio».

Tuvo que cerrar los ojos de nuevo para controlar el dolor. ¿Qué había hecho para que su esposa lo odiase? ¿No se lo había dado todo?

Un hijo. Tabitha quería un hijo.

Sí, había fallado en eso. Pero, maldita fuera, le había dado un palacio, una corona. Algunas mujeres estarían encantadas.

—¿Qué le has hecho?

—Tal vez haya sido demasiado generoso —respondió Kairos con sequedad—. Le he dado demasiada libertad. O tal vez su tiara de diamantes es demasiado pesada.

—No lo sabes —dijo Andres, con tono de incredulidad.

—Pues claro que no lo sé. No sabía que fuera tan infeliz —respondió Kairos. Pero la mentira era como un plomo dentro de su pecho.

«Lo sabías. Pero no sabías cómo solucionarlo».

—Sé que no llevo mucho tiempo casado...

—Una semana, Andres. Si vas a empezar a repartir consejos matrimoniales antes de que se haya secado la tinta de tu certificado de matrimonio reabriré las mazmorras solo para ti.

—Tal vez si hubieras abierto las mazmorras para Tabitha no se habría ido.

—No voy a tener prisionera a mi esposa —replicó él. Aunque era tentador.

Andres enarcó una ceja.

—No quería decir eso.

Kairos recordó esa última noche en el despacho. En lo que había sentido teniéndola entre sus brazos. Su reina de hielo de repente transformada en una llama viva...

«Te odio».

—No tenemos ese tipo de relación.

Andres soltó una carcajada.

—A lo mejor ese es el problema.

—No todo tiene que ver con el sexo.

—Yo creo que sí, pero puedes seguir agarrándote a tus ilusiones si eso te hace feliz.

—¿Qué es lo que quieres, Andres?

–Comprobar si estás bien.

Kairos abrió los brazos.

–¿Estoy muerto y enterrado?

Su hermano enarcó una ceja de nuevo.

–No, pero tu mujer se ha ido.

–¿Y bien?

–¿Piensas buscar otra esposa?

Tendría que hacerlo, no había otra alternativa. Aunque la idea lo llenaba de angustia. A pesar de todo, no quería a nadie más que a Tabitha.

Y después de haber saboreado la pasión que siempre había intuido entre ellos, como una promesa nunca cumplida hasta ese momento...

Olvidarla no sería tan fácil.

–No quiero una nueva esposa.

–Entonces, tendrás que recuperar a la antigua, supongo.

Kairos fulminó a su hermano con la mirada.

–Ocúpate de tu vida, que yo me ocuparé de la mía –hizo una pausa, mirando la pila de cristales rotos. Lo único que quedaba de su matrimonio–. No voy a retenerla contra su voluntad. Si Tabitha quiere el divorcio, tendrá su maldito divorcio.

Tabitha no había visto a Kairos en cuatro semanas. Cuatro semanas mirando la pared con los ojos secos. No había llorado desde que derramó esa solitaria lágrima en su despacho. Desde que le dijo cuánto lo odiaba, y lo decía en serio, con todo su corazón. No había llorado.

«¿Por qué vas a llorar por un marido al que odias?». «¿Por qué llorar por un marido que no siente nada por ti?».

No tenía sentido, de modo que no había llorado. Al

parecer, ella era una persona sensata incluso cuando se trataba del divorcio.

Pero era ligeramente menos sensata cuando se trataba de otras cosas. Y, por eso, había tardado una semana en darse cuenta de que debía ir al ginecólogo. No tenía más remedio que acudir al que siempre la trataba. Era un riesgo, porque el médico era empleado de la familia real, pero la alternativa era acudir a un desconocido, un médico en el que no confiase. La noticia de su separación ya había llegado a las primeras páginas de los periódicos y si acudía a un ginecólogo particular y este hablaba con la prensa todo explotaría. No, no podía arriesgarse.

Tragó saliva mientras se sentaba sobre la camilla, esperando el resultado del análisis de sangre que acababan de hacerle.

Había esperado demasiado para ir al ginecólogo porque su ciclo menstrual nunca empezaba a tiempo. Durante años, esos retrasos le habían hecho albergar la esperanza de haber concebido un hijo por fin.

Nunca había sido así. Nunca.

Pero había pasado una semana. Y Kairos y ella habían mantenido relaciones sin preservativo. Aunque siempre era así. Durante cinco años habían mantenido relaciones sin ningún tipo de protección y no había habido hijos. El destino no podía ser tan cruel. ¿Cómo podía Dios ignorar sus plegarias durante cinco años y responderlas en el peor momento posible?

No podía ser.

Por primera vez en cinco años, cuando el médico volvió a la consulta con expresión inescrutable, Tabitha esperó que el resultado de la prueba fuera negativo. Lo necesitaba. Necesitaba escuchar esas palabras.

Sabía que no podía seguir viviendo con Kairos. Estaba confirmado: no había nada entre ellos. A él le era indiferente y ella... sentía demasiado. No podía vivir así. Sencillamente, no podía.

–Majestad –empezó a decir el doctor Anderson–. Había esperado que el rey la acompañase.

–Si lee los periódicos sabrá que el rey y yo estamos en trámites de divorcio. No he visto ninguna razón para pedirle que me acompañase.

El hombre bajó la mirada y a Tabitha se le encogió el corazón.

Un simple «no» era una respuesta sencilla y no requería la presencia de Kairos.

–Sí, sé lo del divorcio –asintió el médico–. Todos los empleados de la familia real han sido informados, por supuesto.

–¿Ya tiene el resultado de la prueba? No juegue conmigo, doctor Anderson. Ya he tenido más que suficiente.

–Yo solo...

–Esto ya no tiene nada que ver con él –Tabitha sabía que estaba empezando a parecer histérica–. Lo he dejado para que no fuese el centro de todo. No tenemos por qué seguir hablando de él.

–Pero el resultado es positivo, Majestad –anunció el médico con expresión seria–. Y supongo que debo felicitarla.

Antes de saber que iba a divorciarse, el doctor Anderson siempre se había mostrado amable con ella, pero en aquel momento era decididamente frío. Por lealtad al rey, evidentemente.

Tabitha estaba ligeramente mareada. Sentía como si estuviera a punto de desmayarse y agradecía estar sentada en la camilla. Si hubiera estado de pie seguramente se habría caído al suelo.

–¿Positivo?

–Basándome en las fechas que me ha dado, yo diría que está de...

–Sé exactamente de cuánto tiempo estoy –lo interrumpió Tabitha.

Las imágenes de esa noche aparecieron en su mente. Kairos sentándola en el escritorio, hundiéndose en ella, derramándose en su interior mientras perdían la cabeza en un momento de placer inusitado. Sí, no había duda de cuándo había concebido. El día uno de enero.

El primer día del año, el que marcaba un nuevo comienzo. Y lo único que tenía era una cadena que la ataba a Kairos cuando por fin había decidido recuperar su libertad.

Tenía que ocurrir en ese momento, cuando había dejado escapar el férreo control sobre sí misma, cuando había olvidado sus inhibiciones. Había muchas razones por las que se había controlado con mano de hierro durante todos esos años. Siempre había sospechado que no podía confiar en sí misma, que sería un desastre actuar sin pensar en las consecuencias.

Había hecho bien en desconfiar.

Tabitha cerró los ojos, angustiada.

–¿Se encuentra bien? –le preguntó el doctor Anderson.

–¿Tengo aspecto de estar bien? –replicó ella, hiriente.

–Yo solo... ¿el bebé es hijo del rey?

Tabitha levantó la cabeza, airada.

–Es mi hijo. Eso es lo único que puedo pensar en este momento.

El doctor Anderson vaciló.

–Solo quería comprobar que no había hecho algo que no debía.

En ese momento la puerta de la consulta se abrió de golpe. Tabitha volvió la cabeza y el corazón empezó a golpearle con fuerza el esternón. Allí estaba Kairos, como un ángel caído, vibrando de ira.

–Déjenos solos –le ordenó al médico.

–Por supuesto, Majestad.

El médico salió a toda prisa de la consulta. Al parecer, la confidencialidad entre médico y paciente no existía cuando se trataba del rey.

Quien pronto sería su exmarido la miraba como si fuese la más baja y vil de las criaturas. Como si tuviera algún derecho. Como si pudiera juzgarla después de lo que había dicho. Después de lo que había hecho.

–¿Qué ocurre, Kairos? –le preguntó, intentando mostrar una calma que no sentía. Era su especialidad. Después de tantos años ocultando sus sentimientos bajo una máscara, era tan fácil para ella como respirar.

–Parece que voy a ser padre –él la miraba con un brillo de ira en los ojos. La indiferencia, la calma que había mostrado la noche que lo dejó plantado en el despacho habían desaparecido. En ese momento casi temblaba de emoción.

–Estás haciendo suposiciones.

Kairos golpeó la camilla con las manos.

–No juegues conmigo, Tabitha. Los dos sabemos que es hijo mío.

–No, tú no puedes saberlo. Llevábamos mucho tiempo sin acostarnos juntos antes de la última vez –le espetó. El dolor la volvía cruel. No lo sabía. Nunca le habían roto el corazón antes de Kairos.

–Soy el único hombre con el que has estado en toda tu vida. Eras virgen antes de que te hiciese mía por primera vez. Y, sinceramente, dudo que te echases en brazos de otro amante después de estar conmigo.

Ella tragó saliva, mirándose las manos.

–Lo dices como si me conocieras bien, pero los dos sabemos que no es así. Y también sabemos que no sientes nada por mí.

–En este momento siento muchas cosas.

–Acabo de enterarme, no es que te lo haya ocultado. ¿Y a qué viene entrar así, como un cavernícola?

–El doctor Anderson me llamó. ¿Por qué no me habías dicho que ibas a hacerte una prueba?

–Porque no –respondió ella mirando la pared–. Eso es lo bueno del divorcio, que ya no tengo que incluirte en mi vida. Soy mi propia persona, no una mitad de la pareja más disfuncional del mundo. Pero te lo hubiese contado... aunque solo fuera porque la prensa no me permitiría mantenerlo en secreto.

–Qué honesto por tu parte. Ibas a informarme de mi futura paternidad porque los medios de comunicación no te permitirían mantenerlo en secreto. Dime, ¿habrías dejado que me enterase por los periódicos?

–Es lo que te hubieras merecido. No he notado tu ausencia en las últimas cuatro semanas porque es así como me he sentido siempre, sola. El sexo una vez al mes no puede compensar eso.

–Contén tu venenosa lengua por un momento. Tenemos un asunto serio al que enfrentarnos.

–No hay ningún asunto al que enfrentarse –replicó ella, llevándose una protectora mano al abdomen.

–¿Qué creías que iba a sugerir? –Kairos la miró con un gesto de incredulidad–. No pensarías que iba a sugerir que te librases de nuestro hijo, ¿verdad? Que tú y yo estemos pasando por un momento difícil...

–No, no había pensado que quisieras eso. ¿Y qué quieres decir con «un momento difícil»? No estamos pasando por un momento difícil, Kairos. Al contrario, estamos pasando por el mejor momento en muchos años. Ya no estamos juntos y eso es lo que ambos necesitamos.

–No, ya no. Eso es imposible.

Tabitha se levantó, sintiéndose un poco mareada.

–No soy de tu propiedad, puedo divorciarme de ti si quiero.

–Soy el rey de Petras.

–Y yo soy una ciudadana estadounidense.

–Y también ciudadana de Petras.

–Estoy dispuesta a tirar mi pasaporte de Petras al río. Mientras me dejes en paz, claro.

–No vamos a hablar de esto aquí –dijo Kairos con los dientes apretados–. Vístete, nos vamos.

–He venido en mi coche.

–En *mi* coche, con *mi* chófer, que te ha traído desde *mi* ático, en el que te alojas ahora mismo.

–Hablaremos de eso más tarde –respondió Tabitha, notando que le ardían las mejillas. Que le recordara que dependía de él para no quedarse en la calle era humillante. Particularmente después de haber dicho que no quería nada de él.

–He enviado al chófer a casa, así que yo te llevaré.

Kairos se quedó frente a la puerta, con los brazos cruzados y los ojos clavados en ella.

–Date la vuelta. Tengo que vestirme.

–No es nada que no haya visto antes, *agape*.

–Raras veces.

Las hirientes palabras quedaron suspendidas en el aire y Tabitha se sintió culpable. Sí, su desastrosa vida marital era en parte culpa suya, pero que la tocase solo por sentido del deber había empezado a desesperarla.

Al final, era más fácil cerrar los ojos y pensar en otras cosas. Esperar que todo fuese rápido, no sentir ninguna conexión con él, levantar un muro alrededor de su corazón y de su cuerpo. Cuanto menos sintiera durante el sexo, menos doloroso sería cuando terminase. Menos decepcionante cada vez que Kairos se levantaba inmediatamente después, o cada vez que el resultado de las pruebas era negativo. Menos disgustada porque cualquier intimidad entre ellos tenía como único objetivo engendrar un hijo que ocupase el trono.

Sí, los rápidos y decepcionantes encuentros en la oscuridad habían sido en parte culpa suya.

–Como desee, Majestad –asintió él mientras se daba la vuelta.

Tabitha mantuvo los ojos clavados en su espalda mientras se quitaba la bata del hospital, fijándose en cómo la chaqueta se ajustada a sus anchos hombros. Era un hombre muy atractivo, no podía negarlo. Y también era un canalla.

Cuando terminó de vestirse carraspeó y Kairos se dio la vuelta, su fiera expresión flaqueó por un momento. En sus ojos había una emoción a la que Tabitha no podía poner nombre.

–Vámonos –dijo entonces.

–¿Dónde vamos?

–Al palacio –Kairos vaciló–. Tenemos cosas que discutir.

–No quiero discutir sobre nada ahora mismo. Acabo de descubrir que estoy embarazada, pero tú tenías que saberlo al mismo tiempo, por supuesto.

–Debías de sospechar que vendría.

–¿Y crees que eso hace que...? –a Tabitha se le quebró entonces la voz–. No debería sentirme triste en este momento. Te odio por eso también. Debería sentirme feliz al saber que estoy embarazada, pero tú me has robado esa felicidad.

–¿Quién te la ha robado, Tabitha? No he sido yo quien ha pedido el divorcio.

–No, pero has dejado bien claro lo que sientes por mí y ahora es como un veneno que corre por mis venas. No tiene arreglo.

Kairos no dijo nada mientras salían de la consulta. El coche estaba en la puerta, uno de los deportivos que tanto disfrutaba conduciendo.

Su marido era un hombre discreto, responsable, serio. Pero le gustaban los coches veloces y disfrutaba conduciéndolos. Demasiado para su gusto, pero Kairos nunca pedía su opinión.

—No estoy de humor para aguantar tus fantasías de ser piloto de Fórmula 1 —le espetó, cruzando los brazos y golpeando el suelo con el pie.

—Qué graciosa. Yo tampoco estoy de humor para soportar tu antipatía y, sin embargo, aquí estamos.

—Te has ganado mi antipatía a pulso.

—Estás tan enfadada... cuando llevas años sin decir nada.

—¿Qué debería haber dicho, señor?

Él soltó un bufido.

—«Señor». Como si fueras tan respetuosa.

Tabitha arqueó una ceja.

—Como si tú te lo merecieras.

Subió al coche y se abrochó el cinturón de seguridad mientras él se sentaba tras el volante.

—¿Qué ha pasado, Tabitha? ¿Qué ha pasado?

—Nada. Tú mismo lo dijiste, no hay nada. Y ya no puedo vivir con eso.

—Vamos a tener un hijo y, evidentemente, el divorcio está fuera de la cuestión —dijo Kairos mientras pisaba el acelerador.

—Pienso seguir adelante con los trámites. No puedes obligarme a seguir casada contigo aunque seas el rey de Petras. No soy un mero súbdito en tu país, tengo mis derechos.

—¿Ah, sí? ¿Y con qué dinero vas a contratar a un abogado para defender esos derechos? Todo lo que tienes es mío.

—Encontraré la manera —insistió ella.

No sabía si podría hacerlo. Era cierto, no tenía nada. Nada en ningún sitio. Había llegado al palacio de Petras desde un hogar pobre, con unos padres que siempre estaban peleándose. Su madre tiraba cosas a la cabeza de su padrastro cada vez que se enfadaba...

Y eso fue antes del desastre.

En su casa nunca había dinero ni comida suficiente. Solo había rabia, broncas continuas. Esa era su herencia, lo único que tenía. Y la razón por la que había jurado que su vida sería diferente. Mejor.

Kairos conducía sin decir una palabra y Tabitha tardó un momento en darse cuenta de que no se dirigía al palacio. Una sensación de miedo la paralizó entonces. Se dio cuenta de que no sabía de lo que era capaz su marido porque no lo conocía. Había estado casada con aquel hombre cinco años y aquel día sabía menos de él que el día que se casaron.

Había sido su secretaria durante tres años, antes de casarse con él. Tres años en los que había cultivado un encandilamiento adolescente. Entonces Kairos sonreía más, se reía con ella a veces.

Pero eso fue antes de la muerte de su padre, antes de que el peso de la nación recayese sobre sus hombros. Antes de que su compromiso con Francesca se rompiese por culpa de su impetuoso hermano menor. Antes de verse forzado a buscar una esposa a la que nunca había deseado y menos amado.

Esos años como su secretaria habían sido como estar en la entrada de un bosque. Lo miraba y pensaba: «Lo reconozco, es un bosque». Ser su mujer era como dar un paseo por él, descubrir nuevos peligros, descubrir que era tan oscuro que apenas podía ver lo que tenía delante. Descubrir que no tenía ni idea de dónde llevaba el sendero que había entre los árboles y donde podría encontrar su libertad. Sí, cuanto más se adentraba en ese bosque, menos sabía.

—No pensarás lanzar el coche al río o algo así de dramático, ¿verdad? —le preguntó, medio en broma.

–No seas boba. Llevamos cinco años intentando engendrar un heredero y no voy a estropearlo todo ahora que lo hemos conseguido.

–Ah, pero de no ser así te lanzarías por un precipicio. Me alegra saberlo.

–¿Y dejar a Andres en el trono? No digas tonterías.

–¿Dónde vamos? ¿Qué tienes planeado? –le preguntó, sintiendo que se le erizaba el vello de la nuca.

–¿Yo? Tal vez no tenga nada planeado. Tal vez solo estoy siendo espontáneo.

–No lo creo.

–¿Estás convencida de que yo no te conozco y, sin embargo, crees conocerme a mí, *agape*? Eso no es justo.

Tabitha no creía conocerlo, pero no pensaba admitirlo.

–Eres un hombre, Kairos. Un hombre particularmente previsible, además.

–Si me importase tu opinión me sentiría dolido. Por suerte, no me importa.

Kairos entró en el aeropuerto privado que usaba la familia real y a Tabitha se le encogió el corazón. Sus sospechas habían sido confirmadas.

–¿Dónde crees que vamos?

–Esta es la situación, mi querida esposa: o vienes conmigo ahora o haremos esto en Petras.

–¿Hacer qué exactamente?

–Llegar a un acuerdo sobre qué vamos a hacer ahora que estamos esperando un hijo. Y cuando digo llegar a un acuerdo quiero decir que yo decidiré. No olvides que soy el rey. Las leyes que rigen para el resto de los ciudadanos de Petras no se me aplican a mí.

Tabitha lo miró, furiosa.

–¿Desde cuándo? Nunca has sido particularmente flexible, pero tampoco has sido un dictador.

–Tampoco he sido padre nunca. Y es la primera vez que mi esposa amenaza con dejarme.

–No he amenazado con dejarte, Kairos. Te he dejado. Hay una diferencia.

–Da igual. Ven conmigo y hablaremos del asunto. Si te niegas, conseguiré la custodia de nuestro hijo y no volverás a verlo. Te doy mi palabra. Y, al contrario que tú, cuando doy mi palabra la cumplo.

Capítulo 4

KAIROS miró a su mujer, sentada frente a él en el avión privado. Tenía la sensación de que estaba tramando su asesinato. Por suerte, Tabitha no era muy fuerte o empezaría a temer que le clavase un cuchillo. Aunque en ese momento parecía capaz de intentar asesinarlo con un simple tenedor. Y era en cierto modo comprensible, pero debía salvaguardar sus intereses y eso pensaba hacer.

No podía ser blando.

Tabitha estaba esperando un hijo, su heredero. Por fin.

En cualquier otro momento eso hubiera sido causa de celebración. Había cumplido la promesa hecha a un padre al que nunca había podido complacer del todo.

En cuanto lo descubrió, su único pensamiento fue cómo iba a retener a Tabitha a su lado. No sabía qué haría después, pero había logrado llevarla al avión y se dirigían a su isla privada en la costa griega. La villa siempre había sido usada por la familia real de Petras para pasar las vacaciones, pero nunca había llevado a Tabitha allí porque no había tomado vacaciones desde que se casaron.

Por supuesto, aquellas no serían unas vacaciones. Algunos podrían llamarlo secuestro, pero él era un rey, de modo que tal vez podría clasificarlo como una especie de «detención política». Después de todo, Tabitha llevaba en su seno al heredero del trono de Petras y si se fuera del país sería ella quien estaría secuestrando al niño.

Al menos, así era como Kairos justificaba su comportamiento. Y era el rey, de modo que solo tenía que darse explicaciones a sí mismo.

Tabitha no parecía enfadada, sino tan serena como siempre, con las manos sobre el regazo, las piernas cruzadas por los tobillos y el precioso cuello estirado mientras miraba por la ventanilla. Conseguía parecer a la vez flemática y arrogante, algo que solo podía hacer Tabitha.

Su matrimonio era tan superficial que podía estar días enteros sin verla. Aunque estuviesen en la misma habitación. Miraba en su dirección, pero nunca la veía de verdad. Era fácil estar una semana sin hablarse, comunicándose a través de los empleados del palacio.

Pero en las últimas cuatro semanas todo había cambiado. Tabitha le había pedido el divorcio, él le había rasgado la ropa para tomarla como si fuera un salvaje y estaban esperando un hijo.

En las últimas cuatro semanas habían ocurrido más cosas que en los cinco años que llevaban casados. No podía perdonarse por haber actuado como lo hizo esa noche. Estaba furioso, encolerizado porque Tabitha quisiera dejarlo después de todo lo que había hecho por ella. Furioso porque sus planes no iban a cumplirse.

Se había imaginado que estarían casados para siempre. Nunca se le había ocurrido pensar que se divorciarían.

–¿Estás cómoda? –le preguntó, porque no se le ocurría otra cosa que decir y le resultaba incómodo el papel de bestia sin civilizar.

Él era un hombre responsable, civilizado. Su padre le había inculcado la importancia de la corona desde niño y Kairos siempre se lo había tomado muy en serio.

El control era fundamental. El deber, el honor, el sacrificio.

Y le sorprendía lo fácil que había olvidado todo eso en cuanto su esposa le mostró los papeles del divorcio.

Por eso estaba intentando recuperarla.

«Y por eso la has secuestrado». «Estupendo».

—Sí, mucho —respondió ella con un hilo de voz—. Pero no tengo que decirte lo cómodo que es tu avión privado. Ya lo sabes.

—Desde luego.

—¿Cuánto tiempo llevaba trabajando para ti antes de viajar en este avión?

—Un par de meses, creo —respondió él como si no lo recordase bien. Pero sí lo recordaba. Había algo tan ingenuo y sincero en su reacción ante el avión privado... un contraste total con la indiferencia de su antigua prometida, Francesca.

Ya entonces había comparado a las dos mujeres. Francesca estaba hecha para ser una reina, por eso la había elegido. El amor nunca tuvo nada que ver. Había nacido en el seno de una familia aristocrática y la habían educado para ser la esposa de un líder político desde la infancia.

Por supuesto, todo eso le había explotado en la cara cuando se acostó con su hermano. Seguramente no había sido su intención que se hiciese público, truncando sus posibilidades de convertirse en reina de Petras, pero el vídeo había corrido por las redes como la pólvora y la boda fue cancelada.

Necesitaba encontrar una esposa a toda prisa y por eso eligió a Tabitha. Una decisión lógica, había pensado entonces.

Tal vez todas las mujeres estaban destinadas a volverse locas en algún momento de su vida. Su madre lo había hecho cuando dejó a su marido y a sus hijos una noche para no volver nunca. Francesca también cuando se acostó con Andres. Evidentemente, Tabitha era la nueva víctima de esa ola de locura.

«O tal vez lo seas tú».

Kairos apretó los dientes.

–Entonces me impresionó –estaba diciendo Tabitha–. Y sigue impresionándome. Lo que no me impresiona es que me hayas secuestrado.

–Ha sido una negociación, no un secuestro. Me imagino que entenderás la diferencia.

–El resultado es el mismo, ¿por qué iba a importarme la semántica?

–El avión te impresionó mucho –insistió Kairos.

–No me digas que te acuerdas.

–Pues claro que me acuerdo. Eras muy joven y estabas emocionada por todo lo que veías en Petras. Especialmente todo lo que tuviese que ver con el palacio y la familia real. Yo sabía que provenías de una familia modesta...

–Es una forma muy generosa de describirla.

–Una familia pobre entonces. Sí, lo sabía. Pero eras inteligente, entusiasta y la persona perfecta para ese puesto. Estabas motivada en parte por tu pasado, seguramente más que las otras candidatas.

–¿Por eso me elegiste para ser tu esposa?

Kairos sabía que había algo oculto tras esa pregunta, pero no entendía qué.

–Por eso y porque te conocía bien.

Ella soltó un bufido mientras descruzaba las piernas y volvía a cruzarlas luego en dirección opuesta.

–Ah, me conocías. Qué romántico.

–¿Te prometí romance alguna vez, Tabitha? –le preguntó él con tono glacial–. No, no lo hice. Te dije que te sería fiel y lo he sido. Te dije que sería leal y lo he sido. Que cumpliría con mi deber para con mi país...

He hecho todo eso. Eres tú quien ha decidido que no era suficiente.

No le había mentido. No le había prometido romance o emociones que, en su opinión, eran una señal de debilidad. Había prometido un compromiso y lo había cumplido.

Pero ella no parecía entenderlo. Había pensado que Tabitha era como él, que entendía que el sacrificio, el deber y el honor eran más importantes que las emociones.

—Un matrimonio en teoría es diferente a un matrimonio de verdad. No puedes hacerme responsable por suponer algo antes de... tener una relación.

—Todo el mundo hace promesas antes de casarse.

—Y a veces los matrimonios se rompen porque, a pesar de las buenas intenciones, la relación no funciona.

—Yo no soy vidente. No sé por qué me haces responsable de no cumplir expectativas de las que nunca me hablaste. Aparte de no poder ver el futuro, tampoco sé leer tus pensamientos.

—Aunque pudieras, seguramente pensarías que no merecían la pena.

—¿Cuándo te has vuelto tan antipática? —le preguntó Kairos entonces, sin disimular su mal humor—. No eras así antes de casarnos.

—Antes de casarnos me pagabas por ser tu secretaria, no tu mujer.

—Cuando te propuse matrimonio dejé muy claro que el nuestro no sería un matrimonio normal, que lo importante era cumplir con mi deber.

—Bueno, entonces tal vez nada haya cambiado. Nada más que yo —Tabitha se cruzó de brazos y giró la cabeza, como dando por terminada la conversación.

Kairos apretó los dientes y decidió no volver a hablar con ella hasta que aterrizasen. Una vez en la isla no podría escapar hasta que él lo permitiera.

Si eso podía considerarse un secuestro, que así fuera.

Pero no iba a aceptar el final de su matrimonio sin pelear y cuanto antes se diera cuenta Tabitha, mejor para todos.

Capítulo 5

ERA extraño aterrizar en la isla privada de su marido, una isla en la que no había estado nunca. Kairos no la había llevado a aquel sitio increíble, como todas las propiedades de la familia Demetrius. Como el ático en la capital de Petras en el que se alojaba mientras evitaba la realidad de su vida, como el palacio.

Pero aquello era diferente. Paredes blancas, tejados de tejas rojas, una playa de arena blanca frente a un mar de un azul tan brillante como una hermosa joya; tal vez parte de las joyas de la Corona. La casa estaba aislada, de modo que no se parecía nada al palacio, lleno de empleados, visitas turísticas y líderes políticos. Tampoco tenía nada que ver con el ático en medio del barullo de la ciudad.

–¿Por qué no entras?

Tabitha miró a Kairos y experimentó una extraña sensación de *déjà vu*. El día que lo conoció, el día que entró en su despacho para ser entrevistada como posible secretaria...

–Entra, siéntate.

Tabitha movió los pies, incapaz de decidir dónde debía mirar, al despacho más opulento que había visto en su vida o al hombre más atractivo que había visto en su vida.

Atravesó la habitación y se sentó frente al escritorio...

Tabitha volvió al presente al recordar el escritorio sobre el que habían engendrado a su hijo. Al entrar en su despacho aquel día jamás se imaginó que, ocho años después, terminaría haciendo el amor con él sobre ese escritorio después de pedirle el divorcio.

Parpadeó para controlar una picazón en los ojos. No eran lágrimas. No iba a llorar por Kairos, el hombre que no sentía nada por ella.

Lo siguió al interior de la villa, intentando no mostrarse impresionada. Estaba acostumbrada al lujo y la opulencia después de casi una década viviendo en el palacio de Petras, pero seguía siendo la chica del barrio pobre, incapaz de creer que vivía en un sitio como aquel.

Esa pequeña debilidad por el lujo era la mella en su armadura, su punto débil.

Todo en la habitación era blanco, con enormes ventanales desde los que podía ver un exuberante jardín y una piscina desbordante frente al mar azul. La decoración era sencilla, pero de increíble calidad, como todo en el palacio.

Las sábanas eran blancas, sin adornos ni bordados, pero tan suaves al tacto como una nube. Todo era así. Las toallas, las servilletas, hasta el papel higiénico. Pequeños grandes lujos que proporcionaban un confort inimaginable, irresistible.

–Mi habitación está arriba, al final del pasillo. Tú puedes elegir la habitación que quieras.

Tabitha lo miró, recordando ese primer encuentro una vez más...

Nunca había visto un despacho así. Y tampoco había visto nunca un hombre así. Cuando ingresó en la prestigiosa universidad que pagaba sus estudios en el extranjero había conocido a gente de clase alta, pero aquello era otro mundo.

Para empezar, él era un príncipe, alguien de sangre azul que, en la escala social, estaba muy por encima de los millonarios estadounidenses que había conocido. Además, no se parecía a los chicos de la universidad. Era un hombre de verdad.

Con su traje de chaqueta hecho a medida resultaba abrumador. Además, su rostro esculpido era una obra de arte que la dejaba sin habla. Eso no le había pasado nunca. Había aprendido que si quería prosperar en la vida tendría que atacar sus objetivos con tenacidad. No podía parecer fuera de lugar porque la gente estaría dispuesta a creerlo, de modo que había cultivado una imagen de seguridad en sí misma, pero ese día la había abandonado y no encontraba las palabras.

—Encantado de conocerte —Kairos la saludó con una leve inclinación de cabeza—. He leído tu informe y he tomado en consideración las recomendaciones de mi asesor, pero no he seguido su consejo.

Ella frunció el ceño, sin entender lo que quería decir.

—¿Ah, no?

—Algo que deberías agradecer, porque él pensaba que eras demasiado guapa para ser mi secretaria.

Tabitha sintió que le ardía la cara, pero no era de enfado o indignación. Bueno, había cierta indignación, pero también otra emoción que no entendía y no tenía ningún sentido.

—No sabía que mi aspecto tuviese algo que ver con ser una buena secretaria.

—Para mí no, pero me imagino que le preocupaba más mi hermano, Andres, que yo.

Había leído mucho sobre la familia real de Petras.

Solicitar un puesto en el palacio sin estar informada hubiera sido irresponsable. Conocía la reputación del príncipe Andres con las mujeres, pero ella era inmune a esas cosas porque estaba centrada en su trabajo. Tanto que los más amables la acusaban de estar demasiado centrada y los menos amables de ser frígida. Nada de eso la molestaba. Ella tenía objetivos y cuando consiguiese esos objetivos podría ampliar sus horizontes. Hasta entonces trabajaría sin descanso y sin disculparse ante nadie.

No, el disoluto príncipe Andres no la preocupaba en absoluto.

Haber perdido parte de su aplomo en cuanto conoció al príncipe Kairos sí la preocupaba. Pero eso era una anomalía, nada de lo que debiera preocuparse en serio. Volvería a calmarse en cuanto se hubiese acostumbrado a él, al palacio, a todo lo que la rodeaba. Suponiendo que tuviese oportunidad de hacerlo, claro.

—No tiene que preocuparse —le aseguró.

—Aún no conoces a mi hermano.

—No importa. No he llegado tan lejos en mi vida dejándome seducir por un príncipe. Estoy aquí porque esta sería una experiencia profesional como ninguna otra y por lo que representaría para mi currículum en el futuro. No estoy aquí para convertirme en objeto de cotilleos.

Él sonrió y esa sonrisa aceleró tontamente su corazón.

—Entonces, enhorabuena. Me gustaría contratarte —Kairos se levantó y le ofreció su mano.

Ella se levantó también para estrechar la mano grande que le ofrecía, intentando no reaccionar al sentir una especie de descarga eléctrica cuando rozó sus dedos. Acababa de decirle que no tenía interés en convertirse en objeto de cotilleos y tenía que disimular que el roce la afectaba.

–Estupendo.

–Si estás lista, puedo enseñarte tu habitación.

–¿Quieres que te acompañe?

Tabitha parpadeó, volviendo al presente.

–No hace falta. Puedes pedir que suban mis cosas más tarde. Me imagino que alguien habrá hecho mi maleta.

–No, pero en tu habitación tendrás todo lo que necesites. Llamé con antelación para pedir que trajesen ropa, maquillaje y cosas de aseo. No hay criados en esta casa, ese es parte de su atractivo.

–No lo sabía porque es la primera vez que vengo.

–Yo tampoco había vuelto desde que nos casamos, como tú sabes bien. He estado ocupado dirigiendo un país.

–Sí, lo sé.

Tabitha se dirigió hacia la escalera, notando que seguía cada uno de sus movimientos. No sabía por qué la miraba con tanta atención cuando nunca lo había hecho antes.

Suspiró cuando llegó arriba y vio el enorme corredor. Había al menos una docena de puertas. Debería haber sabido que aquella familia no poseía nada modesto. Eligió la primera habitación a su derecha porque era la más alejada de la que ocuparía Kairos.

Era blanca, como todo allí, y sobre los postes de madera labrada de la cama caía una suave tela de gasa. El suelo era de mármol, con una gruesa alfombra en el centro. El único toque de color era un jarrón de jade lleno de brillantes flores rojas.

Le hubiera gustado tomar ese jarrón y lanzarlo contra el suelo. Su mera existencia la molestaba. Como si estuviera diciéndole que debería ser feliz allí, como si estuviera intentando demostrar que aquel era un sitio maravilloso.

Pero sobre todo la enfurecía porque, a menos que hubiese flores en todas las habitaciones, ese jarrón dejaba claro que Kairos había sabido que elegiría la habitación más alejada de la suya.

La conocía tan bien sin conocerla en absoluto...

De repente, se sentía agotada. Estaba embarazada y Kairos prácticamente la había secuestrado para llevarla a la isla porque quería negociar o hacer que renunciase a sus derechos de custodia.

Se dejó caer sobre la suave cama, sintiendo un peso en el pecho. Era como si su ropa estuviera hecha de plomo. Cerró los ojos, dejándose llevar por el cansancio, pero mientras se quedaba dormida pensó en el día que Kairos le pidió que fuese algo más que su secretaria...

–Dos semanas, Tabitha. La boda debería tener lugar en dos semanas y ahora hay un vídeo en Internet en el que Francesca y Andres disfrutan de mi noche de bodas sin mí.

Tenía un vaso de whisky en la mano, el pelo oscuro despeinado, como si se hubiera pasado las manos por él una y otra vez, y su habitual serenidad perdida por completo.

Su enigmático jefe siempre tenía un aspecto tan impecable que la ecuanimidad de Tabitha, forjada durante esos tres años de trabajo, se puso a prueba. Y fracasó.

Se había acostumbrado al hombre taciturno que entraba en la oficina cada mañana ladrando órdenes y trabajaba sin parar durante todo el día.

Aquel hombre que parecía haber perdido el control era un extraño para ella.

–¿Qué vas a hacer? –le preguntó.

–Eres mi secretaria personal, pensé que tú podrías ayudarme.

Ella se rio, con el estómago encogido.

–Bueno, mi fuerte no son las prometidas desleales o las bodas reales condenadas al fracaso.

–Pensé que todo era tu fuerte –dijo Kairos, lanzando sobre ella una mirada que la quemó de la cabeza a los pies.

–Me iré después de la boda, así que tendrás que buscar otra secretaria y aprender a ser un poco más autosuficiente.

Seguramente, era el peor momento para decírselo, pero había terminado sus estudios y ya tenía su título universitario bajo el brazo. Debería estar emocionada, deseando el cambio que eso podría llevar a su vida, las ventajas que le otorgaría el título de una prestigiosa universidad y tres años de experiencia trabajando para la familia real de Petras.

Sin embargo, se sentía como si fueran a arrancarla de su casa, como si fuera a dejar allí una parte de sí misma.

–No quiero otra secretaria –dijo él entonces.

–El alcohol y la preocupación hablan por ti.

–Tal vez, pero nadie ha dicho que el alcohol y la preocupación no sean sinceros.

–Probablemente tengas razón.

–Probablemente –Kairos la estudió, en silencio–. Me gustas, quiero que lo sepas.

Tabitha tragó saliva, intentando encontrar aliento.

–Eso es muy halagador.

–Has sido la secretaria perfecta. Tienes más aplomo que muchas mujeres que han sido educadas para ser reinas. Eres inteligente, diplomática y, sobre todo, no te has acostado con mi hermano. O, si lo has hecho, nadie lo ha grabado en vídeo.

Tabitha pensó en el atractivo príncipe Andres y no sintió nada. Kairos era el único hombre que la excitaba sin intentarlo siquiera.

–Andres no me ha tentado nunca.

–¿Hay algo que no hagas bien? ¿Algún esqueleto en tu armario?

–Yo... ya leíste mi currículum.

–Sí, leí el tuyo y el de cientos de otras candidatas, pero tú eras la mejor. Mucho mejor de lo que había anticipado –Kairos dejó el vaso de whisky sobre la mesa–. No sé cómo no lo he visto antes.

Tabitha no podía respirar. Que Dios la ayudase, no era capaz de respirar.

–¿Ver qué?

–Tabitha, creo que deberías casarte conmigo.

–¿Te encuentras bien?

Tabitha se sobresaltó al escuchar la voz de Kairos. Era tan raro que él la despertase... De hecho, no recordaba que lo hubiera hecho antes. No dormía con ella, nunca lo había hecho.

La luz que entraba por la ventana hizo que guiñase los ojos. Entonces recordó dónde estaba. Recordó que no era el día que le había propuesto matrimonio. No, era el presente, estaba embarazada e iban a divorciarse.

El pequeño rescoldo de esperanza que quedaba en su corazón después del sueño desapareció.

–No especialmente –respondió, sentándose en la cama mientras se pasaba una mano por los ojos.

De repente, se sentía tímida. No estaba acostumbrada a despertarse delante de él. Habían mantenido relaciones sexuales, pero entre ellos nunca había habido gran intimidad.

–He traído tu ropa y todo lo demás.

–¿Lo has guardado todo? –preguntó ella, mirando alrededor.

–Sí, claro, no iba a despertarte para que lo hicieras tú. Y, como dije antes, no hay criados en esta casa.

–¿No hay servicio en absoluto?

–Alguna vez contrato a un chef, pero en esta ocasión he pedido que llenasen la nevera con platos preparados.

–Entonces, ¿estamos solos?

Él asintió con la cabeza, su expresión era indescifrable.

–Sí.

–¿En la isla?

–En la isla –le confirmó Kairos.

–Ah.

–¿Qué ocurre?

–Creo que nunca... habíamos estado solos de verdad.

–Estamos solos a menudo –dijo él, con el ceño fruncido.

–En un palacio, rodeados por cientos de personas.

–Tampoco te había secuestrado nunca y hasta ahora no habías estado embarazada. Y nunca habíamos estado al borde del divorcio, de modo que todo es nuevo. Qué bien añadir eso a la lista.

Tabitha se levantó, airada.

–¿Cómo te atreves a enfadarte conmigo? Estamos aquí por tu culpa.

–Estoy enfadado contigo porque has pedido el divorcio.

–Si no te hubiera pedido el divorcio no estaría embarazada.

–Si no me hubieras apartado de tu cama tal vez te habrías quedado embarazada hace meses.

Ella apretó los dientes, furiosa como nunca.

–¿Cómo te atreves? –le espetó cuando envolvió un brazo en su cintura, apretándola contra su torso–. No hagas eso...

La protesta fue interrumpida por la presión de sus labios, duros e implacables, por el roce de su lengua.

Tabitha no sabía de dónde salían esos besos, tan nuevos. O quién era aquel hombre que la llevaba a una isla privada, que la besaba como si estuviera muriéndose y sus labios fueran la salvación.

Tal era el contraste con los besos de su noche de bodas, la primera vez que habían estado solos en un dormitorio. Sus besos habían sido suaves entonces, fríos. Había anhelado ese momento, pensando que una arrebatadora pasión se desataría entre los dos porque ella la sentía, siempre la había sentido. Había estado ahí desde el momento en que entró en su despacho, por mucho que intentase negarlo.

Pero todo lo que hacía era tan enloquecedoramente medido, tan controlado. Ella temblaba por dentro de nervios, de deseo. Kairos, en cambio, se mostraba tranquilo, circunspecto...

Había apagado la luz. Eso la sorprendió porque había pensado que le gustaría mirarla. Al menos, se había imaginado que los hombres preferían tal cosa. Ella no tenía experiencia y en ese momento lo lamentaba. Estaba casada con Kairos, era su reina, su mujer. Y no sabía cómo darle placer.

Habían tenido dos semanas para acostumbrarse a la idea de que iban a casarse y durante esas dos semanas él no la había tocado. Había esperado porque quería hacer las cosas bien. O eso le había dicho.

Le había contado que era virgen, por supuesto. En caso de que encontrase la idea repelente, en caso de que no quisiera estar con una mujer sin experiencia. Kairos no se había mostrado horrorizado o consternado, pero fue entonces cuando insistió en esperar hasta la noche de bodas. De modo que allí estaba, una novia vestida de blanco, con todo lo que eso simbolizaba, casada con un hombre del que no estaba enamorada y que no la amaba a ella, a punto de hacer el amor por primera vez.

No amaba a Kairos, pero se sentía atraída por él. En su opinión, era el hombre ideal en muchos sentidos. No lo amaba, pero lo respetaba, y sentía afecto y atracción por él. Se llevaban bien y nada iba a convertirlos en monstruos que gritaban y se tiraban cosas a la cabeza como habían hecho sus padres.

De modo que esperó que él diese el primer paso, pero Kairos no parecía tener prisa. Por fin, atravesó la habitación quitándose la corbata, la chaqueta, la camisa. No podía ver su cuerpo en la oscuridad, pero sabía que estaba desnudo cuando llegó a su lado. Fue entonces cuando la besó. Un beso frío, lento. Diferente a lo que se había imaginado.

Su piel ardía, pero sus movimientos eran lentos y deliberados. Le quitó el camisón rápidamente, sin ceremonias. Sus expertas caricias provocaron un escalofrío de deseo. La tocaba entre los muslos, pasando un pulgar por sus pezones, pero todo era muy rápido y ella no sabía qué hacer. No entendía cuál era su papel y Kairos no le daba indicaciones. La tumbó sobre la cama, probando con los dedos si estaba preparada, deslizando primero uno, luego otro, ensanchándola. Hizo eso durante un rato, como si estuviera contando los segundos. Como si hubiera leído un manual sobre cómo hacer que la primera vez de una mujer doliese lo menos posible.

Entonces se colocó entre sus muslos y entró en ella rápidamente. Tabitha apretó los dientes para aguantar el dolor, mordiéndose los labios para no clavarle las uñas en la espalda. No tuvo un orgasmo.

Él sí, por supuesto que sí.

Kairos se apartó rápidamente para ir al baño y abrir el grifo de la bañera. Luego volvió a la habitación y la llevó al baño, esperando hasta que estuvo sumergida en el agua antes de mirarla a los ojos.

—Me imagino que querrás estar sola.

No. Tabitha no quería estar sola. Quería que la abrazase porque estaba segura de que iba a desmoronarse. Algo había cambiado dentro de ella y estaba rota, pero él no tenía intención de unir los pedazos.

—Sí —se oyó decir a sí misma, sin saber de dónde salía esa respuesta.

—Nos veremos por la mañana.

Tabitha volvió al presente, a ese beso que no se parecía nada a los besos de su primera noche. Kairos la acusaba de haber cambiado, pero tampoco él era el mismo.

La besó en el cuello, en las clavículas, recorriendo luego el mismo camino con la punta de la lengua. Y Tabitha se encontró rasgándole la camisa, con cada fibra de su ser desesperada por tenerlo. Desesperada por sentirlo dentro de ella una vez más, como había hecho en el despacho cuando la promesa de su noche de bodas por fin se vio cumplida.

«No siento nada».

Recordar esas palabras fue como una bofetada y se apartó, respirando agitadamente.

—No...

—Quieres hacerlo —dijo él, sus palabras fueron cortantes y demasiado certeras.

—¿Y qué? No tenemos que hacer todo lo que queremos. Además, sé por experiencia que el sexo contigo provoca muchos remordimientos.

—¿Lamentas estar embarazada?

—¿Cómo puedes tú no lamentarlo? Tienes que buscar una nueva esposa —Tabitha se acercó a la ventana para mirar el mar—. Que tu heredero sea hijo de la mujer equivocada debe de ser algo preocupante.

–No, porque no pienso divorciarme de ti.

–¿Por qué no?

–Vas a tener un hijo mío, no hay razón para casarme con otra mujer.

–Entonces, ¿sugieres que sigamos casados y sin dirigirnos la palabra?

–Si lo prefieres... Me gustaría llegar a un acuerdo contigo, pero últimamente estás siendo muy poco razonable.

–Y tú has sido un bloque de hielo durante los últimos cinco años.

De repente, se encontró apretada contra su torso, con los labios de Kairos aplastando los suyos.

–¿Eso te ha parecido frío? –le preguntó después con voz ronca, levantándole la barbilla con el pulgar.

–Te gusta llevarme la contraria. ¿Por qué solo quieres algo una vez que te lo han quitado?

Kairos se apartó como si lo hubiera abofeteado.

–Yo...

–No puedes negarlo y no tienes respuesta.

Su expresión se volvió helada.

–Si lamentas estar embarazada, tal vez deberías darme la custodia del niño.

Todo dentro de ella protestaba ante esa sugerencia.

–No me entiendes. No lamento estar embarazada, lamento estar embarazada de ti. Habría sido mejor quedar embarazada de un hombre con el que pensara pasar el resto de mi vida.

Él dio un paso atrás. Su expresión, normalmente tan serena, estaba cargada de ira.

–Una pena que el bebé que esperas sea hijo mío –le espetó–. La cena será servida en una hora. Si no quieres cenar conmigo puedes morirte de hambre.

–¿Vas a cerrar la cocina con llave?

–Puede que lo haga. No me desafíes, Tabitha, porque no te gustará el resultado –Kairos se dio la vuelta para salir de la habitación dando un portazo.

Le había ordenado que no lo desafiase, pero eso era precisamente lo que Tabitha pensaba hacer.

Capítulo 6

KAIROS no podía entender su comportamiento. Claro que tampoco podía entender el de Tabitha. Había pensado que todo sería fácil con ella. La había elegido como esposa porque era inteligente, fiel, sensata. Porque lo había servido bien como secretaria durante tres años y nunca le había dado razones para desconfiar. Pero no debería haber confiado en ella como no debió confiar en Francesca.

Debería haberse encolerizado con Andres, con los dos, por haberlo traicionado. Y, sin embargo, en realidad agradecía que su hermano hubiese descubierto la hipocresía de Francesca antes de la boda. De ese modo, había tenido la oportunidad de encontrar a alguien mejor y revaluar lo que esperaba del matrimonio.

Las mujeres siempre terminaban traicionándote.

«Bueno, a ti en concreto».

Kairos tomó aire mientras miraba la mesa preparada para los dos en la terraza. Si Tabitha no bajaba...

Se imaginaba a sí mismo subiendo a su habitación como una tromba, abriendo la puerta y echándosela sobre el hombro. O tal vez tirándola en la cama para terminar lo que habían empezado antes.

Apretó los dientes, intentando dominar las eróticas imágenes que aparecían en su mente. Su comportamiento había sido vergonzoso y no pensaba repetirlo.

«¿Por qué no?». «Te ha dejado. Lo único que prometió no hacer».

Odiaba aquella sensación de impotencia. Tabitha la había inspirado en él más a menudo que cualquier otro ser humano. Desde el día que se casaron. Nunca se había sentido incómodo con ella cuando era su secretaria y estaba decidido a mantener esa relación, ese encuentro de dos mentes similares, la comprensión mutua. Tabitha había sido su mejor secretaria, la más completa. Una estudiante estadounidense de diecinueve años de la que nadie esperaba demasiado había sido, sin embargo, la secretaria más eficiente y trabajadora que había tenido nunca.

Había sabido trascender sus circunstancias personales y Kairos estaba convencido de que sería igual como esposa.

Aunque era injusto culparla de todos los problemas. La desastrosa noche de bodas había sido culpa suya...

No la había satisfecho y eso había levantado un muro entre ellos. Sí, cierta distancia era deseable. No quería una complicada relación sentimental ni sentimientos que fueran más allá de un cordial afecto.

Pero, cuando entró en la suite y sus labios se encontraron por primera vez, algo había cambiado dentro de él. El muro que había levantado empezaba a resquebrajarse. Había sentido... un profundo deseo de algo a lo que no podía poner nombre. Era como ver algo familiar envuelto en la niebla. Algo que lo llamaba, que hacía eco en su interior, pero que no podía identificar.

Frustrante. Aterrador.

Llenó la bañera, pensando que seguramente estaría algo dolorida. Había intentado que fuese lo menos doloroso posible porque era su primera vez, pero sabía que había fracasado en todos los aspectos.

Ella no parecía feliz cuando la llevó al baño.

Se quedó allí, mirándola. Era extraño verla desnuda

después de tantos años viéndola solo como una empleada. Pero en ese momento estaba desnuda, expuesta. Había estado dentro de su cuerpo...

Sintió que se excitaba al recordarlo. Tenía que irse. Hasta que pudiese controlar su reacción, tenía que irse.

A menos que Tabitha le pidiese que se quedara.

Pero no forzaría nada después de haberlo hecho tan mal la primera vez. Su primera vez.

—Imagino que querrás estar sola.

Ella levantó las rodillas hasta el pecho, bajando la mirada.

—Sí.

Ese monosílabo volvió a levantar el muro en su interior. Mejor, pensó. Así le recordaba por qué mantener las distancias era imperativo. Por qué el control importaba tanto.

—Nos veremos por la mañana.

Salió del baño y se vistió rápidamente antes de dirigirse a su habitación. Una vez allí, se quitó la ropa a toda prisa y, apretando los dientes, entró en el baño para darse una ducha de agua fría.

No volvería a cometer el mismo error.

No lo haría.

—Estoy aquí —la voz de Tabitha desde la escalera lo devolvió al presente. Estaba más guapa que nunca. ¿El cambio que tenía lugar en su interior empezaba a afectar a su aspecto exterior? Llevaba el pelo suelto, cayéndole sobre los hombros. Tan diferente al habitual moño estirado que se hacía todos los días.

El vestido no se parecía nada a los que solía llevar en el palacio. Claro que había sido adquirido por una compradora personal a la que no había dado instrucciones más explícitas que su talla.

Los tirantes del vestido eran tan finos que parecía

como si el más ligero soplo de viento pudiese arrancarlos, haciendo que la prenda se deslizase por sus pechos y sus voluptuosas caderas...

Apenas iba maquillada, solo un poco de brillo en los labios y sombra dorada en los ojos. Tenía un aspecto más relajado del habitual y su cuerpo respondió con un ansia que empezaba a ser previsible.

—Me alegro de que, por fin, hayas decidido reunirte conmigo.

—Ahora no tendrás que cerrar la cocina con llave.

Empezó a bajar la escalera, apoyando su delicada mano sobre la barandilla. Kairos miró sus elegantes uñas pintadas de color coral, a juego con el vestido.

—Me alegra saberlo, *agape*.

—No me llames así —replicó ella.

—¿Qué?

—«Amor». Siempre ha sido falso, pero en este momento me duele aún más.

Tabitha pasó a su lado, en dirección a la terraza, y Kairos la siguió, intentando no dejar que la sensación de impotencia lo abrumase. ¿Cómo hacía eso? Él era un rey, dirigía los dominios de un vasto país. Sin embargo, ella lo hacía sentir como un crío inepto.

—Muy bien, intentaré no decirte cosas bonitas —murmuró con los dientes apretados.

Tabitha se detuvo para mirarlo por encima del hombro, enarcando una pálida ceja.

—No me digas cosas que no sientes.

Kairos no podía discutir. Por supuesto que no la amaba. Se lo había dejado claro cuando le pidió matrimonio esa tarde en su despacho, después de que su compromiso con Francesca se rompiera. Le había dicho claramente cómo sería su relación, que estaría basada en el respeto mutuo y nada más.

Había sido sincero y ella había aceptado los términos de ese matrimonio. Y, en esos momentos, de repente...

Furioso, olvidó buscar una respuesta diplomática.

–Podría llamarte lo que eres en realidad. No una reina, sino una mujer a la que yo he colocado en un trono que no se merece.

–Tal vez deberías haberlo pensado antes de utilizar mi cuerpo como el recipiente para tu sagrado heredero.

Pasó a su lado y se sentó a la mesa sin esperarlo. Y, por alguna razón, esa falta de ceremonia lo molestó. Tal vez porque era una prueba más de la transformación que se había operado en su perfecta esposa.

«No era perfecta y tú lo sabes».

No le gustaba ese pensamiento porque dañaba la fábula que estaba construyendo en su mente sobre la verdad de su matrimonio, la que lo absolvía a él de todo pecado. La que decía que le había explicado cómo sería su matrimonio. Le había advertido y eso dejaba claro que la culpa de aquel desastre era solo de Tabitha.

Kairos se sentó frente a ella y se llevó el vaso de agua a los labios. Por un momento, lamentó no haber pedido alcohol en deferencia a su estado. Pero Tabitha no se merecía deferencias.

–¿Cómo esperas que discutamos esto con más éxito alejados de la civilización?

–Para empezar –comenzó a decir él, echándose hacia atrás en la silla–. Me gusta la idea de tenerte cautiva.

–¿Qué se supone que debo sentir yo?

–No me preocupan tus sentimientos.

–No, claro que no. No te han importado nunca.

Kairos dejó el vaso sobre la mesa con tanta fuerza que parte del líquido rebosó por encima del borde.

–¿He hecho algo recientemente que entre en conflicto con nuestro acuerdo inicial?

–Eres... –Tabitha miró el limpio cielo mediterráneo, como si allí estuviesen las respuestas–. Eres distante, frío.

–Mucha gente diría lo mismo de ti, *agape*.

–No me llames así –repitió ella, con los ojos brillantes.

–No me gusta que me den órdenes, Tabitha.

Ella dejó escapar un suspiro.

–¿Quieres que te haga una lista de las cosas que no me gustan? Porque estoy en ello. La única vez en cinco años que te has enfadado conmigo fue cuando dije que te dejaba.

–¿Quieres que me enfade contigo?

–Quiero que sientas algo. Enfadarte sería un principio.

–Pues has conseguido lo que querías. Ahora mismo estoy furioso.

–Apenas me diriges la palabra y solo me tocas con intención de dejarme embarazada. Esencialmente, soy como una pieza del mobiliario para ti. Si pudieras tener un hijo con una cómoda, no tengo la menor duda de que lo habrías intentado.

–Lo mismo puedo decir de ti. Además, nunca te prometí algo diferente. ¿Qué promesas he incumplido?

Un ligero rubor cubrió sus pálidos pómulos.

–Una mujer espera que su marido la trate de cierto modo.

–¿Incluso cuando el marido le había dicho exactamente cómo sería su matrimonio? Si tus expectativas eran diferentes a lo que yo te propuse, no entiendo por qué es culpa mía.

–Nadie se imagina que su matrimonio va a ser una estepa helada.

–Una estepa helada es exactamente lo que te prometí –replicó él, con tono hiriente–. Si hubiese prometido amarte supongo que tendrías derecho a sentirte engañada, pero te prometí respeto y fidelidad y lo he cumplido. Si he fracasado en ese aspecto será solo desde que tú vulneraste las promesas que me hiciste el día de nuestra boda.

—Sé lo que dijiste, lo que dijimos, pero... cinco años después me parece diferente. O me parece que debería ser diferente.

—¿Y cuándo pensabas decírmelo? ¿O tu intención era darme la espalda hasta que fuese yo quien pidiera el divorcio?

Tabitha apretó los puños, apartando la mirada.

—No es eso...

—¿Disfrutas siendo responsable de nuestra ruptura, Tabitha? Porque, si no recuerdo mal, llevas cinco años haciendo aquello de lo que me acusas. De hecho, me sorprendería que hubiésemos intercambiado una sola palabra sincera. ¿Crees que no había notado que cada día te mostrabas más distante? ¿Crees que eso no me molestaba?

—Sí, Kairos. Suponía que no te molestaba. ¿Por qué iba a pensar que te importaba?

—Porque hubo un tiempo en el que al menos éramos amigos.

Ella enarcó las rubias cejas.

—¿Ah, sí? ¿Me considerabas una amiga?

—Tú sabes que es así. Me imagino que recuerdas el día que te propuse matrimonio.

—¿Quieres decir el día que viste el vídeo de la mujer con la que ibas a casarte en la cama con tu hermano? ¿El día que, medio borracho, me dijiste que yo sería mejor reina? Me resulta difícil darle valor a nada de lo que dijiste aquel día.

—Pues te equivocas porque fui sincero. Te dije que nuestro matrimonio podría tener unos cimientos más fuertes que el matrimonio con Francesca. Te dije que había tenido dudas sobre ella antes de que me engañase con mi hermano.

—Sí, es verdad. ¿Y por qué tenías dudas?

—Por ti. Tu comportamiento era tal contraste con el de Francesca... incluso en sus mejores días. Y me encontré deseando que fueras tú. Cuando viajábamos juntos, cuando hablábamos sobre asuntos de estado... deseaba que fueras tú la mujer con la que iba a casarme porque respetaba tu opinión y podía hacerte preguntas cuando todos los demás solo esperaban respuestas.

Se sentía como desnudo diciendo esas cosas sin la ayuda del alcohol, cinco años mayor y más cansado que antes. Pero Tabitha tenía que saberlo.

—Aunque es muy sincero por tu parte, no es lo que una mujer desea escuchar —murmuró ella, sin mirarlo.

—Parece que estás enfadada contigo misma por haber aceptado una proposición que considerabas por debajo de ti.

—No es eso.

—¿No?

—Tal vez soy yo quien ha cambiado, pero la gente cambia.

—Solo porque olvidan. Y tú olvidas que tendrás que irte del palacio y buscar un trabajo. Tal vez tendrías que enfrentarte con la vida que quisiste dejar atrás. Casarte conmigo te libró de todo eso y te dio el estatus social que deseabas...

—Hablas como si no fuera más que una buscavidas —lo interrumpió ella.

—Creo que te habrías ganado la vida por ti misma, pero el estatus, el título... para una chica que proviene de una familia pobre y de un pueblo inmundo eso es mucho más difícil.

Tabitha se levantó, empujando su plato hacia el centro de la mesa.

–No tengo por qué soportar tus insultos.

–Eso es lo que tú piensas de ti misma, lo que tú me has contado.

–Porque confiaba en ti. Evidentemente, estaba equivocada.

–No, creo que yo me equivoqué al confiar en ti.

–Podríamos seguir así durante días, pero no resuelve nada. Creo que estaremos mejor separados. No deberíamos habernos casado, Kairos. Como tú mismo has dicho, no soy más que una chica pobre de un pueblo inmundo. Tú, en cambio, eres un rey. Es mejor que te cases con otra mujer.

–Puede que tengas razón, pero es demasiado tarde para lamentaciones. Estamos casados y estás esperando un hijo mío.

–Muchos matrimonios llegan a un acuerdo de custodia.

Él se levantó bruscamente, tirando la silla.

–¿Y esos matrimonios siguen deseándose? ¿Están siempre a punto de arrancarse la ropa el uno al otro?

El rubor de sus mejillas se intensificó.

–Lo dirás por ti.

–¿Ah, sí? Yo creo que eso no es verdad –de repente, Kairos se vio abrumado por una oleada de deseo y de rabia. No sabía si quería gritarle o tomarla contra la pared. O las dos cosas. Quería las dos cosas. Aunque no tenía sentido–. Tú también me deseas, Tabitha.

–¡Vete al infierno!

Eran las palabras más duras que había escuchado nunca de sus labios, pero le parecían más humanas que su sofisticada frialdad.

–Muy bien, al menos eres sincera. Tal vez deberías serlo más a menudo.

–Siempre he sido sincera.

–Pero tienes una lista de quejas que deberías haber hecho hace años, incluso antes de aceptar mi proposición de matrimonio. ¿Qué ha cambiado para que nuestro acuerdo ya no te parezca suficiente?

Tabitha tragó saliva, con lágrimas en los ojos. Tenía razón. Nunca había sido sincera con él, no le había pedido lo que quería, no le había dicho que era infeliz.

Pero no sabía cómo hacerlo sin abrirle su corazón, sacando todo el dolor que había ocultado. No sabía cómo hacerlo sin enfrentarse con sus miedos. Además, había creído que no le importaba.

No confiaba en sí misma lo suficiente como para decírselo.

–No es lo que yo quería –dijo por fin.

–Acabas de decir que querías un cambio.

–Sí... no. No es tan sencillo.

–A mí me parece que está muy claro, *agape*, pero yo no sé cómo funciona la mente de una mujer. Durante toda mi vida he visto a mujeres actuar de forma inexplicable. Mi madre se marchó del palacio y abandonó su puesto en el trono, Francesca destrozó nuestro compromiso por un momento de placer, tú me pides el divorcio. Sinceramente, no entiendo nada.

–Tú no lo sabes todo sobre mi pasado –dijo Tabitha entonces.

Y era mejor que no lo supiera. Intentaba recordar la Tabitha que había sido antes de la universidad, antes de poner distancia entre ella y su familia, y solo veía a una extraña.

Pero tampoco parecía conocer a la Tabitha que era en ese momento y no sabía cómo hacer que entendiese quién era. Por qué era como era.

Ni siquiera sabía si eso cambiaría algo.

Pero tal vez debería explicarle por qué debía dejarla

ir, por qué no podía ser la reina de Petras. Y así lo recordaría ella misma.

—¿No lo sé todo?

—Sé que me investigaste antes de contratarme, pero no lo sabes todo. En parte porque no llevo el mismo apellido que mi madre y el que uso no es el que aparece en mi partida de nacimiento. Por supuesto, no encontraste nada preocupante sobre mí. Solo buenas notas en el colegio, una mujer sin antecedentes, sin escándalos.

—Eso es lo único importante —dijo él, con un brillo extraño en los ojos oscuros.

—Sí, es lo único importante porque solo buscabas alguna mancha en mi reputación. No buscabas nada importante sobre mí, sobre quién soy.

—No te hagas la interesante, Tabitha. Evidentemente, tú no querías que lo descubriera porque me lo ocultaste deliberadamente.

Ella se encogió de hombros, suspirando.

—No puedo discutir eso. No puedo refutar muchas de tus acusaciones. No he sido sincera contigo, he preferido mirar hacia otro lado en lugar de decirte lo que quería. Pero en parte es porque... no sé lo que quiero. Me sentía insatisfecha con nuestra relación y eso me desconcertaba.

—Si tú estás desconcertada, ¿cómo voy a entenderte?

—No puedo responder a esa pregunta —murmuró ella, desinflada—. Jamás pensé que me casaría, pero entonces te conocí y no puedo negar que sentía cierta...atracción. Eso me desconcertaba. Había estado siempre tan centrada en mis estudios, en mi futuro, quería prosperar en la vida. Sabía que la educación era la única forma de conseguir eso, así que estudiaba sin descanso para lograr una beca. Y lo hice. Luego, cuando me ofrecieron el puesto de secretaria en el palacio, supe que debía aprovechar la oportunidad. No tenía contactos, no tenía dinero y necesitaba ampliar mi currículum para conseguir el trabajo que anhelaba.

—Me imagino que la posibilidad de convertirte en reina de un país era una tentación demasiado grande.

Ella se rio, pensando que aquella conversación era irreal.

—Me imagino que sí, pero había más cosas... la posibilidad de tenerte físicamente, algo que deseaba. La posibilidad de conseguir el estatus social que no había podido imaginarme ni en sueños. Vengo desde abajo, de ningún sitio, y quería algo mejor en la vida. ¿Cómo iba a rechazar esa oportunidad? Especialmente porque lo que me pediste era lo que yo quería. Verás, Kairos, yo tampoco quería amor. No quería pasión.

—Pero has dicho que te sentías atraída por mí.

—Eso es algo que no puedo negar, pero pensé que podría tocar las llamas sin quemarme. Entonces me di cuenta de que poner el dedo sobre una llama durante cinco años no es más que una tortura. Es mejor tirarse de cabeza o apartarse del todo.

—¿Y has decidido apartarte?

—Sé que no puedo tirarme de cabeza.

—¿Por qué no?

—Por razones que no te he contado, por cosas que tú no sabes.

—No estamos jugando, Tabitha. Fingir que esos secretos no importan, como has hecho durante estos cinco años, no nos llevará a ningún sitio. Tírate al fuego o apártate.

Ella intentó tragar saliva, pero tenía un nudo en la garganta y le sudaban las manos. Hacía mucho tiempo que no recordaba lo que pasó ese día. Lo había convertido en una lección, una fábula con moraleja. Pero las imágenes de aquel día, los gemidos que emitía su padrastro mientras se desangraba en el suelo, los gritos de su madre cuando se dio cuenta de lo que había hecho... había bloqueado todo eso. El incidente se había convertido en algo lejano, como si le hubiera ocurrido a otra persona.

Pero ya no.

«Usa lo que necesites, descarta el resto».

—Nunca he querido sentir pasión o amor porque... me da miedo en qué puedo convertirme. Creo que ya he demostrado que puedo actuar de forma imprudente cuando me siento abrumada por las emociones —empezó a decir, pensando que eso debía sonar ridículo. Durante años, la única Tabitha que Kairos había conocido era la mujer fría y recatada que había creado desde que era adolescente.

—Cuéntame —la animó él.

Iba a hacerlo, pero le latía el corazón con tal fuerza que los enfermizos latidos hacían eco por todo su cuerpo, ahogándola.

Pero tal vez, si se lo contaba, Kairos entendería por qué había decidido romper la relación en lugar de exigir algo más.

—Un día, cuando tenía diecisiete años, volví a casa del instituto. Bueno, en realidad no era una casa, sino una caravana —Tabitha suspiró—. Cuando me acerqué a la puerta me di cuenta de que mi madre y mi padrastro estaban peleándose. Era algo habitual, se peleaban todo el tiempo. Mi madre estaba gritando, mi padrastro no le hacía caso. Estaba borracho, algo habitual también.

No había vuelto a esa caravana ni siquiera en sueños. Estaba sucia y llena de moho, pero había algo más. El aire era pesado, el fantasma de un amor marchito y opresivo como un espíritu malévolo que mataba todo lo que tocaba.

—No lo sabía —dijo Kairos.

—Yo no quería que lo supieras —admitió ella. Le do-

lía hablarle de su patética infancia, contarle que no sabía quién era su padre biológico a un hombre para
quien la genética lo era todo...

Era una bastarda, pero iba a tener el hijo de un rey.

«Siempre supiste que sería así». «¿Por qué te asus-
tas ahora, cuando es demasiado tarde?».

Porque tener un hijo había sido algo irreal, pero enfrentarse con esa realidad... todo, el matrimonio, su
pasado, su vida, todo era diferente en aquel momento.

Durante el último año había sido más infeliz que
nunca. Y entonces Andres se había casado con Zara.
Verlos tan felices le dolía. Se le encogía el estómago al
ver cómo se sonreían. Le hacía sentir un peso que no
había sentido desde que vivía en aquella sucia caravana.

—Cuéntame —le ordenó él, porque no sabía pedir las
cosas de otro modo.

—Mi madre le gritaba que la escuchase, pero él no le
hacía caso. Estaba tan furiosa que se fue de la habitación. Pensé que iba a hacer la maleta porque era algo
que hacía a menudo, aunque nunca se marchaba. O tal
vez se había rendido del todo e iba a echarse una siesta.
También hacía eso a veces, dependiendo de lo que hubiera bebido. Pero volvió. Y tenía una pistola en la
mano.

Capítulo 7

KAIROS sintió que se le encogía el estómago. Apenas podía creer lo que acababa de escuchar. No podía imaginarse a la suave y sofisticada criatura que tenía delante siendo testigo de algo como aquello, o que estuviese vinculada con una situación tan trágica. Tabitha era fuerte. Tenía personalidad y lo había demostrado en más de una ocasión. Cuando se trataba de relacionarse con dignatarios extranjeros o miembros del gobierno de Petras se mostraba fría, serena, segura de sí misma. Cuando se trataba de organizar su agenda o defender sus posturas, nunca daba un paso atrás.

Pero, a pesar de esa personalidad, había algo muy frágil y suave en ella. Como si fuese una muñeca de porcelana con la que temía jugar por miedo a romperla.

«Si fuese tan frágil la habrías roto sobre el escritorio».

Sí, era cierto. No había pensado entonces en su fragilidad, no había cuidado de ella como había hecho en el pasado.

En realidad, no había pensado en nada. Sencillamente, había actuado sin pensar. Y esa revelación hacía que se cuestionase muchas cosas; cosas que nunca había querido examinar.

—¿Qué pasó? —le preguntó, intentando conservar la calma.

—Le disparó —respondió Tabitha con tono distante, seco. Su expresión era plácida, como si estuviesen hablando del menú para una cena en palacio–. Y lamentó mucho haberlo hecho porque nadie acudió en su ayuda. Mi padrastro murió y ella fue a la cárcel. Nunca he ido a visitarla.

Pronunció esa última frase como si fuera el pecado más grave de todos. Como si lo peor fuera haberse distanciado de su madre, no que su madre fuese una asesina.

–Y tú viste todo eso –dijo él.

–Ocurrió hace mucho tiempo –respondió Tabitha–. ¿Diez... once años? No estoy segura.

–Da igual el tiempo que haya pasado, tú lo presenciaste.

–No me gusta recordarlo –murmuró ella, mirándolo por primera vez desde que había empezado a contar la terrible historia–. No creo que puedas culparme por eso.

–No, claro, lo entiendo.

–No te lo conté porque pensé que no era relevante para nuestro matrimonio. No era relevante para ser una buena reina.

–Pero lo es porque tiene que ver con la decisión que has tomado.

Ella bajó la mirada.

–Me siento frustrada con nuestra relación y no quiero darles a esos sentimientos más poder sobre mi vida.

–No pensarás que vas a comprar una pistola para dispararme, ¿verdad?

–Estoy segura de que mi madre tampoco pensó que sería capaz de hacerlo –Tabitha empezó a pasear de un lado a otro. Estaba arrancándose la pintura de las uñas, algo que no le había visto hacer nunca. Fue entonces cuando descubrió que no llevaba su anillo. No se había dado cuenta hasta ese momento.

«Porque estabas demasiado ocupado imaginándote esos dedos alrededor de tu miembro, por eso no te has dado cuenta».

Kairos apretó los dientes. Sí, ese era el problema. Lo que había explotado entre ellos le quitaba la capacidad de pensar con claridad.

—¿Dónde está tu anillo?

Tabitha dejó de pasear y se miró las manos.

—Me lo he quitado.

—Es muy caro —dijo Kairos, aunque no era eso lo que le preocupaba.

—Lo sé, pero también es mío. Si no recuerdo mal, es parte de nuestro acuerdo prematrimonial.

—No se trata del valor que tenga, solo me preocupa que lo hayas perdido.

—Está a salvo en un banco, pero no tiene sentido que lo lleve puesto cuando ya no soy tu mujer. No quiero dar pábulo a los rumores.

—Ya lo hemos hecho.

—Imagínate los cotilleos si la prensa conociese mi pasado...

—Ya está bien. Nadie va a enterarse porque yo no voy a contarlo. Además, tú no eres responsable de nada.

—¿No? Mis genes... los de nuestro hijo.

—Si la sangre o los genes fuesen determinantes para todo yo sería un tirano o un irresponsable —señaló Kairos. No le gustaba hablar de sus padres. Hablar del mal carácter de su padre era más sencillo que hablar de su madre, que un día se marchó del palacio para no volver más. Pero, en cualquier caso, era un tema del que prefería no hablar.

—Tú no eres un tirano, pero Andres no es precisamente una persona muy centrada.

Kairos se rio, pensando en su desenfrenado hermano. Andres había pasado los primeros treinta años de su vida destrozando todo a su paso.

–Pero ha sentado la cabeza, ¿no te parece?

Tabitha se rio también.

–Sí, supongo que sí. Pero no sé cómo lo han hecho. Si hay un matrimonio más extraño que el nuestro, ese es el de Andres y Zara.

–Zara no es precisamente convencional. O apropiada –comentó Kairos.

Tabitha lo miró con una profunda e insondable emoción en sus ojos azules.

–Tal vez tampoco yo lo soy.

Sus palabras hicieron que se le encogiese el corazón.

–No me puedo imaginar las cosas que habrás tenido que ver.

–Soy la misma persona.

Era la misma persona que antes de contarle su terrible experiencia, pero para él solo destacaba el hecho de que no la conocía. Tenía razón. La Tabitha que había presenciado el asesinato de su padrastro era la misma mujer con la que había estado casado durante cinco años. La misma mujer a la que conocía desde hacía casi una década.

Pero no la conocía de verdad. ¿Cómo iba a conocerla? Era suave, hermosa, diplomática. Pensaba que había crecido así, como una planta protegida en un invernadero.

Pero había tenido que forjarse su propia personalidad, como una orquídea en medio de una tormenta. Y había salido airosa, bella y aparentemente intacta.

Era admirable.

–No nos conocemos.

–Eso ya lo he dicho yo.

–Sí, pero no sabía hasta qué punto era cierto hasta ahora. Tú lo sabes todo sobre mi vida, así que no me imaginaba que hubiese tantos secretos entre nosotros.

–Nunca hablamos de nuestras vidas –le recordó ella.

Kairos no podía protestar porque era cierto.

–No hay mucho que contar. La prueba de mi vida está delante de ti todos los días.

–Pero nunca hablamos de nuestros sentimientos.

–Ya sabes quién soy, no tiene sentido contarte lo que sentí cuando mi madre se marchó, por ejemplo.

–Sentiste algo –dijo ella en voz baja.

–Claro que sí –murmuró Kairos. Pero hablar de ello abría un pozo de desesperación, de impotencia. Una furia ciega que no quería reconocer vivía dentro de él–. Somos dos extraños.

–Extraños que mantienen relaciones sexuales –añadió Tabitha.

–Sí, es verdad. Y, sin embargo, ni siquiera conozco bien tu cuerpo.

Ella se puso colorada.

–El mes pasado parecías conocerlo bien.

–¿Y antes de eso?

Esa pregunta lo hizo sentir incómodo. ¿Qué hombre querría cuestionar su habilidad en la cama? Pero no era tan simple como eso. Tenía experiencia, pero siempre se había contenido con ella.

Ahí era donde todo había empezado a ir cuesta abajo. Había pensado que debía ir despacio, que debía mitigar la pasión que había entre ellos.

La verdad era que se había sentido atraído por Tabitha desde el día que entró en su despacho. Incluso estando comprometido con Francesca. Y aunque nunca había hecho nada, la atracción estaba ahí, rozando la superficie como las olas rozaban la arena. La deseaba, siempre la había deseado.

Se había controlado porque esa atracción era muy fuerte. Y porque, como ella, rechazaba las emociones.

Pero tal vez sería posible abrir la parte física de la relación, mantener eso a salvo. Tal vez así podría darle lo que ella deseaba.

–Sí, en ese momento sí. O tal vez mi torpeza quedó ocultada por la explosión que hubo entre nosotros.

–No hubo ninguna torpeza por tu parte –se apresuró a decir ella, con el color de sus mejillas intensificándose.

–Siempre me he contenido cuando estábamos juntos –le confesó Kairos entonces–. Salvo esa noche.

–¿Por qué te contenías?

–¿Y tú?

–Creo que ya te lo he explicado –Tabitha tragó saliva–. En fin, da igual. No nos entendemos, eso está claro.

Kairos empezaba a desesperarse.

–No sé si eso es cierto. Los dos hemos admitido que nos contenemos, así que podemos decir que los dos somos unos mentirosos.

–Yo nunca te he mentido.

–Hay una palabra muy específica para definir lo que pienso sobre eso y tiene que ver con excrementos de animal.

–No seas grosero, no te pega.

–O tal vez sí. ¿Cómo vas a saberlo si no me conoces?

–No es asunto mío. La función de una exmujer es alejarse discretamente y gastarse todo el dinero del marido, no empezar a conocerlo.

–Muy bien –dijo Kairos–. Serás libre para irte, pero con condiciones.

Tabitha frunció el ceño.

–¿De qué estás hablando? Los dos sabemos que no voy a recibir ni un céntimo de tu dinero.

–No tiene por qué ser así. El acuerdo prematrimonial es muy rígido, pero yo soy un hombre adinerado y sería poco razonable no ayudarte después de... todo lo que has tenido que sufrir por mi culpa. Además, eres la madre de mi hijo y, por lo tanto, te mereces un estilo de vida apropiado para la madre de un príncipe. ¿No te parece?

—Yo no... no lo sé, no lo había pensado.

—Como he dicho, habrá condiciones para ese acuerdo.

—¿Qué es lo que quieres?

Lo que quería era que todo volviese a ser como antes. Lo que quería era a la esposa que había sido durante esos cinco años, la esposa que se había imaginado sería para siempre. El complemento perfecto para el hombre que había presentado ante ella, el que presentaba ante el mundo. Sí, eran unos mentirosos, pero sus mentiras eran compatibles y discretas.

La verdad no era compatible y no era discreta. Había dejado escombros por todas partes, piezas rotas de su vida anterior cubriendo el suelo frente a ellos. No había forma de ignorarla y sería imposible volver a ser como antes, pero no estaba dispuesto a rendirse.

Iban a tener un hijo y no iba a ser un padre ausente, pero tampoco permitiría que ella fuese una madre ausente. Su infancia no se repetiría si él podía evitarlo.

Y lo haría. Después de todo, era un rey.

—Dos semanas. Quiero catorce días de sinceridad. Quiero tu cuerpo, tus secretos. Lo quiero todo. Y, si al final de esos catorce días sigues pensando que no me conoces, si crees que no puedes vivir conmigo, entonces te daré el divorcio. Y en unos términos más favorables de los que acordamos hace cinco años. Dinero, una casa, la custodia compartida.

—¿Por qué? —Tabitha lo miraba como si hubiera dicho que tendría que pasar dos semanas en una mazmorra.

—Da igual por qué. Soy el rey y te lo ordeno —Kairos intentó contener la llamarada de triunfo que corría por sus venas—. O te quitas el vestido o me cuentas otro secreto, tú decides.

Capítulo 8

EL CORAZÓN de Tabitha latía con tal fuerza que pensó que iba a desmayarse. No sabía si estaba viviendo una pesadilla o una fantasía. Kairos no le había pedido que se quitase el vestido. No podía ser. Él no hacía esas exigencias. Y, sin embargo, no podía negar que su normalmente frío y sobrio marido la miraba con un brillo ardiente en los ojos oscuros.

–No puedes haberme pedido que me quite el vestido en la terraza –le dijo. Volver a su helada fachada era la respuesta más cómoda. Después de todo, el frío no la molestaba. Era esa mirada ardiente, apasionada, inflexible, lo que la desconcertaba.

–Claro que sí.

El sol estaba ocultándose tras el horizonte y los últimos rayos rozaban las copas de las palmeras, iluminando sus altos pómulos y su fuerte mentón. Parecía un extraño. No se parecía nada al hombre con el que se había casado. Ese hombre jamás hubiera exigido aquello. Estaba temblando por dentro y por fuera porque no tenía más remedio que aceptar ese trato con el diablo. Sería tonta si no lo hiciera. Kairos estaba ofreciéndole la oportunidad de criar a su hijo sin problemas, sin luchar por la custodia, sin luchar por las necesidades básicas.

Pero lo más bochornoso era que quería obedecer. Aunque ni ella misma podía creérselo. Quería quitarse el vestido allí, en la terraza, al aire libre, con la brisa acariciando su piel. Olvidarse del control, del miedo.

–Estamos solos aquí –las palabras de Kairos la sacaron de su ensueño.

Tenía razón, no podían verlos, pero era eso lo que la asustaba. Allí no había nadie que los detuviera. Ninguna agenda perfectamente calculada que los interrumpiese. Ni reglas, ni testigos, ni sentido de la propiedad. No había nada que impidiera que se quitase la ropa y se entregase al desesperado deseo que se había apoderado de ella por completo.

Intentó volver a la casa, pero Kairos la tomó por la cintura, apretándola contra el muro de su torso. Sus ojos se encontraron y la descarga eléctrica que experimentó en ese momento llegó hasta su estómago.

–¿Dónde crees que vas?

–Lejos de ti, lejos de aquí. Porque estás loco.

–Tu rey te ha dado una orden –dijo él, con un tono duro como el acero.

Eso debería enojarla, no excitarla. No debería hacer que sus pechos se hinchasen, no debería sentir esa humedad entre las piernas. Pero así era, eso le hacía.

Esa arrogancia, nunca dirigida a ella antes de ese momento, era algo nuevo, como una droga con la que nunca había experimentado antes.

–Entiendo –Tabitha tragó saliva–. ¿Y me castigarás si no obedezco?

–Tendría que dar ejemplo contigo –respondió él, su tono fue más suave, pero no menos firme.

–¿Para quién? Aquí no hay nadie.

–Para ti, para el futuro. No puedes desafiarme si queremos que esto funcione.

–Yo no he aceptado...

Él le levantó la barbilla con un dedo.

–Puede que no hayas aceptado quedarte conmigo para siempre, *agape*, pero no tienes más remedio que aceptar estas dos semanas y no quiero pasar ese tiempo discutiendo cuando podemos encontrar cosas mejores que hacer con tu boca.

Tabitha cerró los ojos, intentando apartar de sí las eróticas imágenes que empezaron a asaltarla. Ella de rodillas frente a él, saboreándolo, tomándolo en su boca. Nunca había hecho eso, ni con él ni con nadie.

Era extraño. Otras personas trataban ese acto en particular sin darle importancia, pero ella nunca lo había hecho con su marido.

No porque le disgustase. Al contrario, la intrigaba, la excitaba. Y, sin embargo, se apartaba de él como si tuviera miedo. Pero no iba a acobardarse, no iba a dejar que Kairos controlase la situación. Ella era fuerte y no había llegado tan lejos en la vida dejándose intimidar. Él era el rey, sí, pero ella era la reina.

–Pues sería la primera vez –Tabitha levantó una mano para enredar los dedos en su pelo–. ¿Quiere que me ponga de rodillas aquí mismo para darle placer, Majestad?

Kairos se apartó, con un oscuro rubor cubriendo sus bien definidos pómulos.

–No quería decir...

Por supuesto que no. Él nunca decía cosas tan lascivas. Nunca. Solo estaba pensando en un beso. Probablemente ni siquiera quería que se quitase el vestido.

Tabitha levantó una mano para bajarse uno de los tirantes.

–Las palabras son poderosas –murmuró, bajándose el otro tirante–. Una vez pronunciadas no se pueden borrar. Una vez que las pronuncias pertenecen a quien las ha escuchado –se llevó una mano a la espalda para bajarse la cremallera del vestido, que cayó hasta la cintura, revelando sus pechos desnudos.

–Tabitha... –empezó a decir él con tono de advertencia.

–¿Qué? ¿No querías que fuese obediente? ¿Tampoco así nos entendemos? –tiró del vestido, quitándose las bragas al mismo tiempo, y quedó desnuda ante él. No tenía miedo; al contrario, se sentía más atrevida que nunca–. Hace un momento has dicho que esto es lo que querías.

–Tabitha...

Ella se puso de rodillas. Estaba temblando y no sabía si era de deseo o de rabia. O si una retorcida mezcla de las dos cosas se había apoderado de ella. No sabía si importaba, pero estaba segura de que su inexperiencia no tendría importancia en ese momento.

No sabía qué cosas había hecho Kairos con otras mujeres. Apenas habían hablado sobre sus vidas antes del matrimonio y, por supuesto, nunca habían hablado sobre sus experiencias sexuales. Para ella no había habido ninguna. En cuanto a él, era un misterio para Tabitha.

Pero una cosa era segura: si era tan fiel como decía ser, nadie le había hecho aquello en cinco años. El tiempo borraba los recuerdos, ¿no? Al menos, eso esperaba.

Levantó una mano para tocar la hebilla de su cinturón, deslizando la lengüeta de cuero por el cierre metálico. Le temblaban las manos tanto de nervios como de determinación y deseo. Era imposible saber si aquel era su movimiento definitivo en un juego de poder o si actuaba empujada por la lujuria. Y seguramente tampoco eso importaba.

Kairos bajó una mano para agarrarle el pelo.

–Yo no te he pedido esto.

Al ver la angustia en sus ojos oscuros algo se encogió dentro de ella.

–¿Por qué crees que es un sacrificio?

–Porque tú no consigues nada.

–¿No es para eso para lo que quieres estas dos semanas, para disfrutar de mis servicios?

Lamentó haber pronunciado esas palabras inmediatamente, pero era demasiado tarde para echarse atrás. Ella misma acababa de decirlo: una vez pronunciadas, las palabras no podían borrarse.

–No era mi intención exigir que te rebajases de ese modo.

Tabitha sintió que sus ojos se empañaban, pero no dijo nada. Se limitó a tirar a la vez del pantalón y el calzoncillo, desplegando su rampante masculinidad. No examinaba su cuerpo a menudo. De hecho, hacían el amor a oscuras y si lo veía desnudo alguna vez era por accidente.

Kairos dejó escapar el aliento entre los dientes mientras ella pasaba la palma de la mano por el duro y rígido miembro. Era tan hermoso... Cinco años y nunca había tenido la oportunidad de apreciarlo de verdad. Cinco años y nunca se había arrodillado ante él de ese modo, nunca había contemplado hacer lo que estaba a punto de hacer. Estaba tan decidida a mantener el control, tan convencida de que debía mantener la fachada de perfecta reina de hielo que incluso sus fantasías habían estado congeladas.

Pero lo lamentaba amargamente. Tanto tiempo perdido en ese frío cuando podía haber disfrutado de su calor. Era como dormir bajo la nieve y descubrir después que la puerta había estado abierta todo el tiempo, con la chimenea encendida y una cama blanda y disponible si hubiese querido.

¿Por qué no lo había intentado nunca?

Sujetando su miembro con una mano, se inclinó hacia delante para rozar la carne hinchada con la lengua. Él movió las caderas hacia delante, dejando escapar un gemido ronco mientras tiraba de su pelo sin darse cuenta. Tiraba con fuerza, tanta que le dolió. Sin embargo, no quería que la soltase. No quería que se apartase.

Y no lo hizo, de modo que siguió explorándolo lentamente, disfrutando de su sabor. Levantó la cabeza para mirarlo a los ojos y lo metió en su boca...

–Tabitha –murmuró él con tono de advertencia mientras tiraba de su pelo hasta hacerle daño.

Pero ella no iba a dejar que interrumpiese su exploración. Se le ocurrió que la escena debía de parecer libertina, corrupta. Ella desnuda a sus pies, en la terraza de su elegante y ordenada casa, con la suave belleza del mar como telón de fondo para sus licenciosas actividades.

Pero pensar eso solo sirvió para excitarla más. No estaba confusa sobre lo que sentía en ese momento.

Estaba ardiendo, hambrienta de algo que había estado ante ella durante cinco largos años. Se lo había perdido hasta ese momento y pensaba darse un banquete.

Cuando apoyó las manos en sus caderas sintió que temblaba. Kairos estaba intentando controlarse, pero ella estaba borracha de poder, borracha de él. El deseo había estado tan profundamente enterrado que ni ella sabía que estuviese allí.

Pero después de haberlo despertado a la vida, después de haberlo liberado, se sentía consumida por él.

No conocía a aquella criatura que estaba arrodillada ante un hombre, sin importarle el duro suelo de cemento, sin preocuparle su desnudez; en la terraza, con el sol acariciando su espalda. En ese momento no era la mujer sofisticada en la que se había convertido para entrar en el mundo de Kairos, pero tampoco era la chica que vivía en una caravana. Era algo nuevo, totalmente diferente. Y en eso había una libertad que no había anticipado.

No había pasado de una jaula a otra, como se había imaginado. No, se había colado entre los barrotes.

De repente, notó que Kairos tiraba de ella.

—No, así no —dijo con voz ronca—. Necesito tenerte como debe ser.

Esperaba que la soltase, que entrase en la casa para buscar una cama o una superficie blanda sobre la que terminar sus poco civilizadas actividades.

Pero aunque se había sorprendido a sí misma durante los últimos minutos, Kairos la sorprendió aún más. Porque se dirigió hacia la mesa y apartó platos y vasos de un manotazo; la porcelana y el cristal se hicieron pedazos y los cubiertos de plata tintinearon al caer sobre el duro suelo.

Luego, de repente, se encontró tumbada sobre el mantel blanco, con Kairos abriendo sus piernas para comprobar si estaba preparada. Después inclinó la cabeza para besarle los pechos y chupó uno de sus pezones mientras se hundía en ella.

La llenaba del todo, haciéndola temblar de placer. Aquel acto se había vuelto tan doloroso en los últimos años... Algo tan íntimo... Dos cuerpos convirtiéndose en uno solo y, sin embargo, podría haber un muro de ladrillos entre los dos cuando estaban tan juntos como podían estarlo dos personas.

Pero eso no ocurría en ese momento. Sentía que Kairos estaba tan dentro que casi podía tocar su corazón. La oscuridad no ocultaba su cuerpo, no había nada que la protegiese, de modo que lo miró a los ojos, aunque sabía que se arriesgaba a no encontrar allí ninguna conexión. A no ver nada más que indiferencia.

Pero sus ojos no eran indiferentes, al contrario. Estaban cargados de fuego y de una descarnada emoción a la que no podía poner nombre.

Daba igual porque pronto dejó de pensar. Se dejó llevar por la ola de placer hasta que temió ser consumida por completo, arrastrada hasta el fondo para no poder salir jamás.

Cuando estaba segura de que no podría aguantar un segundo más, el placer explotó dentro de ella y se agarró a Kairos con fuerza para que la sujetase a la tierra. Entonces él empezó a temblar, con movimientos erráticos mientras se entregaba al placer.

Unos segundos, o una eternidad después, giró a un lado la cabeza y se quedó sorprendida al ver un montón de cristales rotos en el suelo. Y entonces lo recordó todo: estaba sobre la mesa, él había roto los platos, las copas. Había comida tirada por el suelo...

Porque Kairos había estado consumido de deseo por ella.

Solo entonces notó que estaba incómoda, pero no quería moverse porque seguía dentro de ella, casi aplastándola con su peso. Y podía sentir los latidos de su corazón. Podía sentir lo afectado que estaba por lo que acababa de ocurrir entre ellos.

–¿Qué pasará cuando tengamos hambre? –la pregunta salió de sus labios sin permiso. Pero no había comido mucho y le parecía importante en ese momento.

–Hay comida en la despensa. Hay galletas.

–¿Americanas o europeas?

–Europeas –respondió él.

Parecía un poco absurdo estar hablando de galletas en ese momento y estaba a punto de decirlo cuando se encontró entre sus brazos de nuevo. Esperaba que la dejase en el suelo, pero él la apretó contra su pecho.

–No llevas zapatos –le recordó.

Kairos empezó a caminar, pisando los platos rotos, las copas de cristal crujían bajo sus pies.

–No vas a dormir sola esta noche –murmuró, dirigiéndose hacia la escalera.

–Nunca hemos compartido habitación.

Nunca, desde el primer día. Tras su desoladora noche de bodas la dejó en la bañera, sola, después de haber perdido la virginidad, sola con un baño caliente para consolarla.

—Solo tenemos dos semanas, *agape*, de modo que hay que aprovechar cada momento.

Por segunda vez en menos de veinticuatro horas, Kairos miraba a Tabitha mientras dormía. Le parecía fascinante. Otra faceta de su esposa que no había visto en esos cinco años. Debía de haber dormido en aviones o en los largos viajes en coche. Tenía que ser así.

Pero no lo recordaba. Solo recordaba a Tabitha sentada en una postura rígida, con las manos sobre el regazo. ¿De verdad se había fijado tan poco en ella? ¿O se sentía ella tan incómoda en su presencia que solo podía permanecer erguida, como si su vida dependiese de equilibrar un libro sobre la cabeza?

Parecía agotada por lo que había ocurrido en la terraza.

La recordó arrodillada frente a él, desnuda...

Era un acto con el que no se sentía cómodo. No quería recibir placer mientras él no hacía nada. Y, sin embargo, con el primer roce de su lengua había perdido la cabeza. No había agarrado su pelo para apartarla de él, sino para sujetarla firmemente en su sitio.

Estaba tumbado a su lado, desnudo, pero sin tocarla. Tabitha dormía de lado, con un codo bajo la mejilla y las rodillas ligeramente levantadas. Parecía tan joven, tan vulnerable... Aunque llevaba una careta de frialdad, sabía que por dentro era tierna, pero había decidido ignorarlo cuando le convenía.

Tabitha se tumbó de espaldas y estiró los brazos sobre la cabeza, haciendo que sus pechos se levantasen.

Kairos no tenía costumbre de visitar museos porque le parecía aburrido. En el mundo había suficientes maravillas naturales. Pero ella era una obra de arte, no había otra forma de describirla. Parecía hecha de mármol blanco, una estatua insuflada de vida imposiblemente bella...

Y él estaba volviéndose loco, pensó.

Sus ojos azules se abrieron poco a poco, con expresión desconcertada.

—¿Kairos?

—Sí, dos semanas. La mesa.

Ella parpadeó.

—Ah, entonces ha pasado de verdad.

—Sí.

—Tengo hambre —Tabitha se incorporó para sentarse en la cama, haciendo que sus pechos se moviesen de una forma muy interesante.

—Creo que puedo ayudarte a solucionarlo.

Capítulo 9

TABITHA estaba descalza, desnuda bajo la camisa blanca de Kairos, con los faldones rozando sus muslos. Estaba segura de que, entre la cena, el revolcón sobre la mesa y las tres horas de sueño se le había quitado el poco maquillaje que llevaba.

No tenía costumbre de estar desnuda delante de él. Kairos nunca la veía despeinada o con el rímel corrido. Y ella jamás lo había visto como lo veía en ese momento. Sin camisa, solo con un pantalón negro y los pies desnudos. Eso le parecía extrañamente erótico.

Era una situación que la mayoría de las parejas darían por sentado después de cinco años de matrimonio; comer algo a esas horas de la noche, medio desnudos después de una noche de sexo sobre una mesa en la terraza.

Bueno, seguramente el sexo sobre una mesa no sería algo tan habitual.

El recuerdo la llenaba de inquietud. Ya no sabía quién era y eso la asustaba, pero iba a comer galletas con Kairos después de ver al hombre que había sospechado estaba por algún lado, bajo las camisas almidonadas y las corbatas perfectas.

Era difícil pensar en otra cosa.

—Me has prometido galletas —le recordó, apoyándose en la encimera de la cocina y juntando las manos delante de ella. Era la postura que solía adoptar al lado de Kairos porque eso evitaba que lo tocase. Y era algo que le preocupaba en ese momento más que nunca.

Debería sentirse satisfecha. Nunca había disfrutado tanto del sexo. Su encuentro en el despacho un mes antes también había sido asombroso, pero lo de aquella tarde casi había logrado borrar ese recuerdo.

–Es verdad –asintió él, abriendo uno de los armarios.

Tabitha observaba su musculosa espalda mientras sacaba una lata de galletas, experimentando una extraña sensación, como una descarga de adrenalina.

–Las galletas, como te había prometido –dijo él, volviéndose para mirarla–. Porque yo cumplo mis promesas.

–¿Piensas repetir eso constantemente? –preguntó ella, quitándole la lata–. ¿Quieres que sepa cuánto te he herido con mi traición?

–Si eso es lo que hace falta, desde luego.

–Te he prometido dos semanas, no veo por qué tienes que repetirlo constantemente –Tabitha levantó la tapa de la lata y tomó una galleta de mantequilla. La mordió, observando su expresión para averiguar lo que estaba pensando. Pero, como siempre, era imposible.

–No es mi intención molestarte. Solo soy un hombre que sabe lo que quiere.

–Y quieres que siga siendo tu mujer porque te resulta conveniente.

–Sí, me resulta conveniente, pero también se trata del bienestar del niño, por si lo habías olvidado.

A Tabitha se le encogió el estómago. La verdad era que, por un momento, se había olvidado de su hijo. Era tan fácil olvidar la diminuta vida que crecía dentro de ella... Pero se había enterado solo veinticuatro horas antes y desde entonces había sido extraditada a una isla privada con su marido, había hecho el amor con entusiasmo sobre una mesa y había comido galletas, descalza en la cocina. Y nada de eso era normal.

Tenía la sensación de que todo eso la protegía un poco de la cruda realidad: que iba a tener un hijo en medio de una situación muy complicada.

—Claro que no se me ha olvidado —respondió. Al fin y al cabo, el niño era la única razón por la que estaban intentando reconciliarse. Y no debía olvidarlo.

—En serio, Tabitha, tenemos un acuerdo que exige sinceridad durante dos semanas.

—El sexo es más fácil —dijo ella, intentando disimular que se había puesto colorada—. Y más divertido.

—No voy a discutir eso —Kairos esbozó una sonrisa.

—Los coches —dijo ella entonces, mirando su atractivo rostro.

—¿Qué pasa con los coches?

—¿Por qué te gustan tanto los coches veloces? Tú eres un hombre práctico y esos coches no me parecen especialmente prácticos.

—No, supongo que no lo son —asintió él, apoyándose en el borde de la encimera—. Pero nunca he tenido aficiones. Mientras los chicos de mi edad iban de fiesta, yo estaba estudiando. No solo estudiaba para conseguir un título, sino todo lo que hacía mi padre para poder ocupar el trono algún día. No me desvié del plan que él tenía para mi vida, pero una de las cosas poco prácticas que aprendí fue a conducir deportivos y esa era mi única libertad. Viajaba por todo el país porque eran las únicas ocasiones en la que podía estar solo. Siempre tenía gente de seguridad, empleados del palacio, mi padre o algún consejero alrededor. Por eso me gustan tanto los coches, la libertad y la soledad.

Tabitha tragó saliva, con un inesperado nudo de emoción en el pecho. No había esperado una respuesta tan sincera.

—¿Tu padre te enseñó a conducir?

—No, él siempre estaba muy ocupado.

–Ah, claro.

Ella no había conocido bien al rey. Cuando se casaron, la salud del anciano había empeorado y no tenía energía para recibir visitas; mucho menos la de una nuera plebeya que se había casado con Kairos por culpa del escandaloso comportamiento de su hijo menor.

–De todas formas, yo no quería que me enseñase él –dijo Kairos.

–¿Por qué no?

–Mi padre tenía la costumbre de hacer que todo pareciese aburrido, pesado o prohibido –respondió Kairos, apartando la mirada–. Su único interés era formarme como líder de Petras. Quería que fuese un hombre de principios, capaz de controlar mis impulsos, práctico, sobrio. Cuando mostraba mucho entusiasmo por algo, lo aplastaba inmediatamente. Por eso los coches no tienen nada que ver con él.

–¿Por qué crees que era así? –preguntó Tabitha, con el corazón encogido.

–Porque sabía que las distracciones podían convertirse en debilidades.

Kairos se apartó de la encimera para acercarse a ella. Tan cerca que podía sentir el calor de su cuerpo, pero lo bastante lejos como para que no pudiese tocarlo, que era lo que quería hacer. Cuánto deseaba a aquel hombre.

No era un deseo nuevo, pero sí reforzado. Antes podía controlarse, pero después de lo que había pasado...

–¿Ha estado aquí todo el tiempo? –le preguntó Kairos con voz ronca.

–¿A qué te refieres? –Tabitha se miró las manos.

–A esta locura. ¿Estaba en ti, en mí? ¿Ha estado entre nosotros desde el principio y solo necesitaba una discusión para estallar?

Ella se encogió de hombros.

–No lo sé.

Pero tenía la sensación de saberlo. Estaba en ella, tal vez en los dos. Y eso los convertía en una mezcla letal. Solo hacía falta una discusión para encender la chispa y provocar un incendio cuyas consecuencias desconocía.

Nerviosa, presionó una uña contra la del dedo anular y arrancó un trozo de esmalte de color coral.

Enseguida parpadeó, percatándose de lo que estaba haciendo. Algo que solía hacer cuando era más joven, algo que había aprendido a controlar.

Estaba yendo hacia atrás.

–Nunca ha sido así con otras mujeres. Yo nunca... –Kairos frunció el ceño–. Nunca he dejado que una mujer me hiciese lo que tú me hiciste en la terraza.

–¿Sexo oral? –Tabitha enarcó las cejas. Le daba vergüenza ser tan franca, pero no había podido evitarlo. En fin, ¿por qué sentirse avergonzada de algo que ya había hecho? No tenía sentido.

–Sí –respondió él con los dientes apretados–. No es algo muy práctico, ¿no?

–He oído decir que la mayoría de los hombres lo encuentra muy agradable.

–¿Tú lo habías hecho antes? –le preguntó Kairos, sin mirarla. Que pudiera estar celoso de otros hombres hacía que se sintiera tontamente satisfecha.

–¿Y si lo hubiera hecho?

–Diría que el hombre era un cabrón afortunado. Y seguramente pondría precio a su cabeza.

–Ah, eso es muy posesivo por tu parte. No te pega nada.

–¿He hecho algo normal en el último mes, Tabitha?

–No, la verdad es que no.

–Nunca había tenido problemas para controlar mis impulsos.

–¿Yo pongo a prueba tu autocontrol?

–¿No te has dado cuenta?

–No, yo... –Tabitha mordió la galleta–. En estos cinco años no había pasado nunca.

–Supongo que perdí el control cuando pensé que iba a perderte. Podía sentir esto... esto que hay entre los dos. Ahora me doy cuenta de que siempre ha estado ahí –admitió él–. Pero nunca había querido... no es lo que esperaba de nuestro matrimonio. Mis padres nunca fueron felices. Mi padre era un hombre distante que ponía su país por encima de todo lo demás. No era un padre cariñoso, no era agradable siquiera. Podía ser muy duro, sobre todo con Andres, pero hacía lo que creía que debía hacer: formarme para ocupar el trono algún día. Pero él no estaba casado contigo, sino con una mujer extremadamente sensible que se disgustaba por todo. Yo juré encontrar una mujer diferente y tú eras perfecta, tan reservada, tan diplomática. Y entonces, la primera vez que te toqué, la primera vez que hicimos el amor, descubrí que había algo más. Justo lo que yo no quería... ese deseo incontrolable que lleva a tomar las peores decisiones.

–Yo tampoco quería eso –asintió ella en voz baja.

–Sé que tú no lo querías y que ahora estás resentida conmigo. Pero ¿por qué? ¿Por hacer lo que los dos queríamos o por mantenerte a distancia cuando eso fue lo que me pediste?

–Ya te he dicho que no tiene sentido –admitió ella estudiándose las manos–. Es demasiado complicado para mí.

–Supongo que tiene tan poco sentido como que yo me enfade conmigo mismo. Te hice el amor como un loco cuando me presentaste los papeles del divorcio, pero esa rabia iba dirigida a mí mismo. Por haber perdido la oportunidad de hacerte el amor así durante cinco largos años, por esa obsesión de mantener un control que al final he terminado despreciando. Dime tú si eso tiene sentido.

—No puedo hacerlo porque yo siento lo mismo que tú.

—En fin, creo que es suficiente sinceridad por una noche, ¿no te parece? —el tono de Kairos se había vuelto ronco—. Pero aún no me he cansado de ti.

—Ah —Tabitha cerró la lata de galletas. De repente, ya no tenía apetito.

—Ven, *agape*. Vamos a la cama.

Kairos nunca había pasado la noche con una mujer, ni siquiera con su esposa, y en ese momento se preguntaba por qué. Porque era maravilloso despertarse con una mujer bella y cálida a su lado. En algún momento durante la noche ella se había acercado... o él a ella, y sus suaves piernas estaban enredadas con la suyas.

La noche anterior habían hecho el amor más veces de las que podía contar. Cuando pensaba que estaba satisfecho, el deseo despertaba de nuevo, empujándolo a tenerla otra vez. Hasta entonces, la intimidad estaba confinada a un solo momento. Algo planeado, cuidadosamente orquestado. Había un principio y un fin, cuando él volvía a su habitación.

La línea divisoria se volvía borrosa cuando dormían juntos y descubrió que eso le gustaba.

Apartó la sábana con cuidado, dejando que la luz del sol desvelase las pálidas curvas. Tenía algunos moratones... uno en la espalda, cuatro en las caderas. Sus huellas.

Kairos apretó los dientes, luchando contra una oleada de deseo. Su lado más primitivo y masculino celebraba haber dejado su marca, declararla como suya con esos signos externos.

Tabitha ya no llevaba su anillo, pero llevaba su marca.

¿Qué clase de monstruo era?

—Tabitha, ¿estás despierta?

—No —murmuró ella, tumbándose boca abajo, con el pelo rubio cayendo sobre su cara como una cortina de oro—. Si estuviese despierta tendría los ojos abiertos.

Kairos esbozó una sonrisa. Medio dormida era tan encantadora... No se contenía, no parecía mirarlo como si fuera un extraño.

—Acabas de responder a mi pregunta.

—Sería una grosería no hacerlo.

—Sí, supongo que es verdad.

Ella se volvió, con los pechos desnudos, y Kairos tuvo que disimular su reacción.

Debía de estar un poco dolorida, pensó. Tenía que contenerse, pero no quería hacerlo. Por primera vez en su vida empezaba a pensar que el autocontrol estaba sobrevalorado. Al menos, en lo que se refería al sexo con su mujer.

—¿Por qué me miras así? —le preguntó Tabitha, guiñando los ojos.

—¿Así cómo?

—Como si quisieras comerme. O tal vez hacerme preguntas profundas.

—Es un poco temprano para eso. Necesito un poco de cafeína.

—Creo que yo no puedo tomar cafeína —dijo ella con tono apesadumbrado.

—Una taza de café no te hará daño. Venga, vamos a la cocina.

—Tengo que vestirme.

—¿Por qué?

Tabitha parpadeó.

—No sé, porque me parece lo correcto.

—No te vistas por mí.

Riéndose, Tabitha saltó de la cama y cruzó la habitación completamente desnuda para entrar en el vestidor y ponerse una ligera bata blanca de algodón.

—Con esto será suficiente.

—Sí, supongo —Kairos tomó del suelo el pantalón del día anterior.

Sentía el extraño deseo de tomarla en brazos para llevarla a la cocina. Era una insensatez y él era un hombre sensato. Al menos lo había sido hasta unas semanas antes. El divorcio y la futura paternidad lo estaban volviendo loco.

Bajaron por la escalera en silencio y se dispusieron a hacer el desayuno. Normalmente, él desayunaba a toda prisa antes de ponerse a trabajar...

Pensó entonces que había abandonado el palacio dejando a Andres en su lugar y sin darle ninguna explicación.

Pero no quería pensar en ello. Por primera vez en su vida, quería olvidar el peso de sus responsabilidades.

Para eso estaba su hermano menor, para ocupar su cargo en caso de que él muriese o enfermase.

—¿Y qué planes tienes para este bonito día? —preguntó Tabitha, sentada frente a él en la cocina.

Kairos hubiera preferido sentarse en la terraza, pero aún no habían limpiado el desastre del día anterior. El único inconveniente de no tener servicio era verse obligado a encargarse de las consecuencias de sus actos. Sobre todo cuando colocaba a su mujer sobre la mesa y consideraba todo lo que se pusiera en su camino como un daño colateral.

—¿Por qué crees que tengo algún plan?

—Pensé que mi secuestrador lo tendría todo planeado.

—Tu secuestrador —repitió él—. Pensé que ya habíamos superado esa fase.

–Pero sigues reteniéndome aquí, ¿no?

–Tú has aceptado.

–Bajo presión.

–Ah, sí, estás sufriendo mucho. Creo que anoche te hice sufrir al menos cinco veces.

Esbozó una sonrisa al ver que sus mejillas se teñían de rubor. Además, estaba seguro de que Tabitha no lo estaba pasando mal. Al contrario, tenía la sensación de que le gustaban las chispas que saltaban entre ellos.

–No sabía que un caballero hablase con una dama en esos términos –replicó ella, haciéndose la digna.

–He descubierto que ser un caballero es muy aburrido. Y supongo que ser una dama también a ti te parecerá una pesadez.

–En ciertos sitios, sí.

–El dormitorio, por ejemplo.

–Puede que tengas razón –Tabitha tomó un sorbo de café y volvió la cabeza para mirar el mar. El sol bañaba su cara y la brisa movía su pelo.

Era un momento extraño, diferente. Los dos estaban relajados, contentos por primera vez.

–Podríamos dar un paseo. Seguramente habrá un bañador para ti en el vestidor. Podríamos bañarnos.

–Nunca hacemos cosas así.

–Lo sé, pero es el momento perfecto para explorar cosas que nunca hemos hecho. Ese es el propósito de nuestro acuerdo.

–Sí, pero no sabía que incluyera paseos por la playa.

–¿Por qué no? Tal vez te guste. Tal vez es algo que querremos hacer con nuestro hijo.

La sonrisa de Tabitha se volvió triste.

–Juegas sucio.

–Haré lo que tenga que hacer. Si puedo volverme indispensable para ti, entonces habré ganado. Estoy dispuesto a usar todos los medios a mi alcance.

–No sabía que fueras tan despiadado.

–Lo oculto bien porque rara vez tengo que serlo. Mi título me aísla de muchos problemas y críticas. Y, aunque las hay, nunca son tan duras como para hacerme daño.

–¿Tú vas a ponerte un bañador?

–Supongo que sería poco práctico nadar sin bañador.

–Bueno, ahora empiezo a temer que hayas sido abducido –bromeó Tabitha–. Mi marido está hablando de pasear por la playa, bañarse sin bañador y participar en actividades recreativas.

–No, tristemente para ti, sigo siendo Kairos. No he sido abducido y transformado en un hombre más dócil. Pero, aunque no esté en mi naturaleza portarme de cierto modo, puedo intentar cambiar. Puedo intentar acomodarme a tus necesidades, aunque no las entienda del todo.

Ella asintió con la cabeza, pero Kairos tuvo la impresión de que algo en su discurso no la había convencido del todo. Aunque eso era algo habitual.

–Muy bien, voy a cambiarme –le dijo. Era lo mejor porque si Tabitha subía con él al dormitorio no saldrían nunca.

Aunque no le importaría.

–Vamos a ver si alguno de los dos está a la altura de este reto: disfrutar de un día en la playa –lo desafió Tabitha.

Quien hubiera ido de compras para Tabitha se merecía un aumento de sueldo. Eso era en lo único que Kairos podía pensar mientras caminaba tras ella por la playa, admirando el bikini blanco que apenas podía ocultar su perfecta figura. Un bikini que jamás se hubiera puesto en Petras.

Pero no estaban en Petras, sino en una isla privada, y pensaba aprovecharse. Y, por el momento, eso significaba admirar a Tabitha en bikini.

—Estás mirándome —dijo ella, sin volver la cabeza.

—¿Cómo lo sabes? —preguntó Kairos, riéndose.

Era una sensación muy rara. Se sentía ligero, casi feliz. Aún no habían solucionado sus problemas, pero la química que había entre ellos era innegable. Y en aquel momento estaban en una hermosa playa privada, con Tabitha en bikini. No había nada que no le gustase de ese momento.

—Puedo sentir que estás mirándome.

—No sabía que tuvieras un sexto sentido, *agape*. Cada día descubro algún nuevo secreto sobre ti.

—No tengo tantos.

Kairos llegó a su lado.

—Pero ¿tienes algunos?

—Te he contado el más grave —le recordó ella.

—¿Y hay más? Tiene que haberlos. Cuéntame, quiero saber más cosas sobre ti.

—Nací en Iowa.

—No sé nada sobre Iowa.

—Nadie sabe nada sobre Iowa. Únete al club.

—¿Te gustaba vivir allí?

—¿Sigo viviendo allí? —bromeó Tabitha.

—No, claro, porque no podrías ser la reina de Iowa.

—La reina de Iowa suena bien.

—Tal vez no tan elegante como la reina de Petras.

—Tal vez no.

Kairos tomó su mano entonces.

—Cuéntame algo más.

—Mi madre estuvo soltera hasta que cumplí los ocho años. Luego se casó con mi padrastro y ya sabes cómo terminó eso. No todo fue malo. Ella no era mala, él tampoco. Era amable conmigo —Tabitha cerró los ojos un momento y luego volvió a abrirlos–. Recuerdo que una vez me compró un regalo porque sí, sin ninguna razón. Mi madre nunca hacía cosas así. En fin, era hija única y mi infancia fue bastante solitaria.

–¿No tenías amigos?

–Algunos. Estudiantes que querían sacar buenas notas como yo –Tabitha hizo una pausa–. Una vez, una doctora fue a dar una conferencia al instituto. Había crecido allí, en una familia pobre como la mía, y ver que alguien había podido superar esas circunstancias me animó mucho. Nos dijo que si trabajábamos duro podríamos lograrlo, que lo importante era esforzarse... Yo sentía como si estuviera hablando conmigo. Era inteligente, pero no tenía nada. Mis recursos estaban solo en mi cerebro y pensaba utilizarlo. Era todo lo que tenía en este mundo y no quería desperdiciarlo.

–Yo diría que no lo has hecho.

¿Cómo había podido pensar que Tabitha era blanda? Era puro acero. Valiente como nadie. Más valiente que él, que lo único que había hecho era ocupar su puesto en el trono cuando llegó el momento y hacer lo que se esperaba de un rey. Ella había desafiado expectativas a cada momento. Partiendo desde cero había llegado a ser parte de una familia real. Muy poca gente podía decir lo mismo.

–Pero uno no entra en una buena universidad sin estudiar muchísimo –dijo Tabitha.

–Ya me imagino. Yo entré por mi apellido.

–Yo tuve que ser excepcional, tenía que serlo. Hay demasiada competencia para conseguir becas. Especialmente las que yo buscaba, con todos los gastos pagados. Necesitaba toda la ayuda posible –Tabitha suspiró–. Mi madre ingresó en la cárcel por matar a mi padrastro durante el último año de instituto, pero yo tenía que seguir estudiando. Estaba a punto de cumplir los dieciocho años, así que los Servicios Sociales me dejaron en paz.

—¿Dónde vivías?

—En la caravana.

—Tabitha... —Kairos tragó saliva. Le dolía el corazón por aquella mujer que había estado sola tanto tiempo.

—No lo pasé mal. Bueno, en algún sentido sí, pero en otros... podía estudiar en paz, ir al instituto. Y cuando llegué a la universidad tenía que mantener las mejores notas. No podía tener novios o ir de fiesta. No podía malgastar mi energía. Tenía que estudiar y eso es lo que hacía.

—Y un año después de entrar en la universidad decidiste ir a Petras para convertirte en mi secretaria. ¿Por qué?

—Como te he dicho, no me interesaba la vida universitaria ni hacer amigos. Solo quería asegurar mi futuro. Trabajar como secretaria mientras estudiaba me permitía adquirir una experiencia profesional por la que muchos darían lo que fuera. ¿Y trabajar para una familia real? Para alguien con mi pasado eso valía más que el dinero.

—Y entonces te casaste conmigo.

—Me hiciste una oferta que no pude rechazar.

Su corazón se expandió, no sabía por qué. Apenas podía respirar.

—Eres muy valiente. No me había dado cuenta hasta ahora.

Tabitha bajó la mirada mientras se colocaba un mechón de pelo detrás de la oreja.

—No sé si soy tan valiente. Me daba más miedo repetir la vida que había tenido de niña que fracasar.

—He oído decir que el valor no es la ausencia de miedo.

—No, sin miedo no haríamos mucho en la vida.

—¿Es por eso por lo que huyes de mí?

Tabitha frunció el ceño, apartándose para seguir caminando por la playa. Y, por alguna razón, eso despertó en Kairos un recuerdo olvidado...

—No te vayas.

Tenía doce años, pero nunca lloraba. Y, sin embargo, podía sentir que la emoción cerraba su garganta y un extraño picor en los ojos.

Su madre estaba en el pasillo, frente a la puerta del palacio, y sabía que no iba a dar un paseo. Solo llevaba su bolso, pero él lo sabía. Tan seguro como si lo hubiera anunciado, sabía que aquella sería la última vez que la viese.

—Quédate aquí, Kairos —dijo ella con voz firme. Si sentía algún arrepentimiento, no lo demostraba.

—No puedes irte —insistió él, usando su tono más imperioso. Por supuesto, su voz eligió ese momento para quebrarse, como había estado haciendo con frecuencia en los últimos meses—. Soy el príncipe de Petras —siguió, buscando fuerzas dentro de sí mismo—. Te lo prohíbo.

Ella se detuvo, volviéndose para mirarlo con una tristeza insondable.

—Terminará algún día, me marche ahora o no. ¿Crees que yo tengo algo que tu padre quiera? No, pero te he tenido a ti, he tenido a Andres. En ese sentido no he fracasado. Recuérdale eso mañana, cuando se ponga a gritar.

Luego se dio la vuelta y siguió por el largo pasillo. Y Kairos olvidó ser valiente. Olvidó que debía portarse como un hombre.

Un grito escapó de sus labios mientras corría tras ella, envolviendo los brazos en su cintura, apretando la cabeza contra su espalda para respirar su familiar olor a miel y nardos, mezclado con el aroma de los polvos que se aplicaba en la cara.

Las lágrimas rodaban por su rostro sin que pudiese evitarlo.

—No te vayas. No volveré a darte órdenes. Te lo suplico, por favor, no te vayas. Mamá, por favor.

Ella consiguió apartarlo de un tirón.

—Tengo que hacerlo.

Y entonces se alejó de él. Atravesó las puertas del palacio.

Y nunca volvió a verla.

Le costaba trabajo respirar, le quemaba el pecho y en su cerebro aparecían recuerdos que normalmente mantenía bien encerrados.

Y entonces miró a Tabitha.

Estaba pisando terreno peligroso con ella. Aquello no era estrictamente sexual. Nunca lo había sido.

Maldita fuera, tenía que calmarse. Necesitaba tiempo para convencerla de que se quedase, pero nunca jamás se permitiría sentir tanto por otra persona que su partida pudiese romperle el corazón.

Nunca más se vería reducido a suplicar para retener a una mujer a su lado.

Era el hombre que su padre había querido que fuese, no el niño que se agarraba a una mujer que no sentía nada por él, llorando como si su corazón estuviese hecho pedazos.

—Me he esforzado mucho para mejorar mi posición en la vida y no voy a aceptar una existencia que no me hace feliz —dijo Tabitha entonces.

—¿Qué tiene que ver la felicidad? —inquirió Kairos—. La felicidad es solo un término socialmente aceptable para definir el egoísmo. Si dices que necesitas ser feliz, que tu felicidad es lo primero, dejar a tu marido y a tus hijos no es algo abominable, sino valiente porque solo estás intentando preservar tu felicidad, ¿no?

—Eso no es verdad.

Kairos se enfureció de repente; el recuerdo de su madre alejándose por el pasillo se impuso sobre el momento actual. Sobre aquella mujer.

—Claro que sí. Puedes irte al otro lado del mundo y comer, amar y hacer lo que quieras olvidando lo que has dejado atrás porque estás buscando tu felicidad y todo lo demás se puede ir al infierno, ¿no?

—No es esa mi intención. Los dos estamos ahogándonos en este matrimonio, no finjas que no es así.

—Tengo la sensación de que nos habríamos ahogado de igual forma.

—Lo estoy intentando, estoy haciendo lo que puedo. ¿Tienes que ser tan desagradable?

Kairos tenía la impresión de que debía ser así. Pelearse con ella aliviaba esa sensación angustiosa en su pecho. Se sentía más cómodo enfadándose que lidiando con sus sentimientos.

No había nada malo en intentar forjar una conexión física entre los dos, pero debía recordar quién era y cuáles eran sus responsabilidades. No podía preocuparse por la felicidad de Tabitha.

Tenía que mantener el control mientras hacía que ella perdiese el suyo, pero no era fácil encontrar la forma de convencerla para que se quedase con él mientras mantenía las distancias.

Se había imaginado que la distancia sería beneficiosa, que evitaría que su mujer lo dejase. Se había equivocado. Él necesitaba distancia, ella tenía que necesitarlo a él.

—Mis disculpas, *agape*. Estoy más acostumbrado a tratar con jefes de Estado que a mantener una conversación mundana.

–Tampoco yo tengo mucha práctica.

–Eso podría ser un problema. Tengo entendido que los niños hablan de cualquier cosa, como insectos o la forma de las nubes.

–Yo no tengo mucho que decir sobre los insectos, pero creo que esa nube parece un unicornio.

Kairos levantó la mirada.

–Yo veo un caballo de batalla con una lanza saliéndole de la frente.

–Eso es un unicornio.

–Evidentemente, tenemos diferente perspectivas.

Tabitha sonrió y Kairos pensó que debía de haber hecho algo bien. Mientras siguiera así, aislándose de cualquier apego, sería capaz de retenerla a su lado.

Se había visto cegado por el sexo, por la inesperada conexión, pero a la luz del día, cuando ella no estaba de rodillas ofreciéndole la más tentadora imagen, veía las cosas con un poco más de claridad.

Su objetivo estaba claro y no dejaría que nada lo desviase de su camino.

Capítulo 10

KAIROS tenía otra cena romántica preparada para ellos en la terraza. Había anochecido, el cielo estaba cuajado de estrellas y la fresca brisa del mar acariciaba su piel mientras cerraba los ojos, tomándose un momento para disfrutar de esa belleza.

Solo quedaban nueve días. Nueve días hasta que tuviera que decidir si iba o no a dejarlo. Aunque no sabía si había una decisión que tomar.

Sí, su vida estaría solucionada si se iba después de haber cumplido los términos del acuerdo, pero empezaba a pensar que eso no sería suficiente. Ni siquiera la custodia compartida. Porque entonces no estaría con él. Nunca vería qué clase de padre era con su hijo y el niño tendría que dividir su tiempo entre dos personas. Nunca vería cómo se relacionaba con Kairos, no sabría cómo era su vida en el palacio.

En aquel momento, por diminuto que fuera el bebé que crecía dentro de ella, no se creía capaz de renunciar a él una vez que hubiese nacido.

Pero se dio cuenta de que estaba preocupándose por el futuro otra vez. Existiendo en el presente, pero solo a medias. Se había pasado toda su vida haciendo eso, viviendo un momento que aún no había llegado.

—No sé si he sido feliz alguna vez —murmuró, levantando la cabeza para mirarlo a los ojos.

Él la miró con expresión contenida. Se había mostrado un poco más reservado con ella desde su paseo por la playa. No tan relajado como antes. Inicialmente lo había atribuido a cierta fatiga por su parte. Nunca había visto a Kairos siendo más que el sobrio gobernante de un país... pero había algo más.

Y a menos que él se lo contase, nunca lo sabría. Ese, en realidad, era el resumen de su relación.

—¿Otra pulla sobre mis habilidades como marido? —preguntó él, con tono burlón.

—No, sobre mí misma. Siempre estoy pensando en el futuro, pero nunca es suficiente. Consigo un objetivo e inmediatamente estoy buscando otro. Me pasé todo el instituto imaginándome cómo iba a entrar en la universidad y luego, cuando me convertí en tu secretaria, preguntándome qué trabajo buscaría cuando me fuese de Petras. Y, entonces, por un extraño e inimaginable giro del destino, terminé siendo reina de ese país. No tengo más objetivos, Kairos. No se puede subir más, estoy en la cumbre. Y, sin embargo, nunca he sido feliz.

—Yo nací siendo un príncipe y no sé si eso me ha hecho feliz alguna vez —admitió él—. Pero estamos en una posición en la que podemos hacer muchas cosas por los demás. ¿No es eso más importante que la felicidad?

—Supongo que sí. En mi experiencia, es difícil ser feliz sin seguridad, pero ahora que la tengo... ¿crees que es posible ser feliz?

—La verdad es que nunca he pensado en ello.

—Creo que nunca me he permitido a mí misma ser feliz por miedo.

Kairos la miró a los ojos.

—¿De verdad?

—Sí. Yo no... creo que nunca he temido de verdad convertirme en mi madre. Tenías razón, Kairos, nunca he temido dispararte en un ataque de celos, pero yo... la intimidad, los afectos me asustan. ¿Cómo sabes en quién puedes confiar? Jamás me imaginé que mi madre pudiera hacer lo que hizo y... nunca he podido confiar en nadie después de eso.

–Te entiendo. Puede que no te hayas dado cuenta, pero también a mí me han traicionado más de una vez. Y mi propia familia.

Tabitha asintió con la cabeza porque sabía que ella era parte de esa traición.

–He pensado mucho en la felicidad, en la confianza. Esperaba sentir una sensación mágica, una seguridad. Esperaba que mi posición en la vida me diese felicidad, que el tiempo me diese confianza, pero no es así. De modo que solo hay una conclusión.

–¿Y es?

–Se trata de una elección. Soy una reina con un atractivo marido, una isla privada, un palacio y un niño en camino. Ser feliz no debería ser tan difícil, pero creo que para conseguirlo voy a tener que confiar en ti. No he querido hacerlo hasta ahora porque me asusta que alguien abuse de mi confianza. Y la idea de confiar en mí misma me asusta, pero... no puedo predecir el futuro y no puedo controlar las circunstancias que me rodean, solo puedo tomar decisiones. Si quiero confiar en ti, entonces tendré que tomar la decisión de hacerlo –Tabitha bajó la mirada un momento–. La confianza es como la felicidad; hay que elegirla y estar dispuesto a hundirte con esa decisión si así fuera. Y he decidido confiar en ti.

–¿Es tan sencillo, *agape*?

–¿Por qué no? La vida es dura y no tenemos control sobre ella. ¿Quién puede dictar nuestros sentimientos más que nosotros mismos? ¿Por qué intentamos controlar cosas que están fuera de nuestro control mientras dejamos que lo que sí podemos controlar se nos escape de las manos?

–No sabía que iba a recibir una charla sobre psicología durante la cena.

–Me ha parecido que iba bien con el pescado –bromeó Tabitha.

–Y yo pensando que era la antropología lo que iba bien con el pescado.

–No que yo sepa.

–Qué decepción. Tú siempre pareces una experta en todo lo que haces.

–¿En todo? –preguntó ella, enarcando una ceja.

La mirada de Kairos se volvió ardiente.

–Sí –respondió con voz ronca–. En todo.

–Bueno, pero tú no tienes experiencia con algunas de las cosas que hemos hecho –Tabitha tenía la impresión de que estaba entrando en territorio prohibido, pero quería preguntarle.

–Eso es verdad.

–No eras virgen cuando nos casamos.

Kairos se detuvo cuando iba a llevarse el tenedor a la boca.

–No –respondió.

–Entonces no es la inexperiencia lo que ha hecho que... no hubieras hecho antes lo que hicimos el otro día.

–¿De verdad quieres examinar mis pasadas relaciones?

–No especialmente. Solo quiero saber por qué te acostabas con otras mujeres, pero nunca hiciste eso. ¿Es por una cuestión de control?

Kairos dejó su tenedor sobre el plato.

–No sé cómo responder a eso.

–Con la verdad, no con una razonada versión o con lo que crees que yo quiero escuchar. O incluso con lo que tú crees que podría tener sentido. Quiero la verdad.

Kairos la miró como si lo hubiera golpeado y, por un momento, Tabitha casi sintió pena por él. Pero solo por un momento.

—Nunca he sentido que me mereciera tal cosa —dijo Kairos. Las palabras salían de sus labios con reticencia, sorprendiéndolo.

—¿Por qué?

—Nunca me ha gustado la idea de tomar algo como si fuera mi derecho. No puedes... tienes que ganarte eso. No puedes aceptarlo sin dar algo a cambio.

—Estoy de acuerdo en que hay que ser generoso, pero ¿qué tiene eso que ver con dejar que tu pareja te demuestre cuánto te desea?

—Nunca he sentido que pudiera dejarme llevar por un deseo tan egoísta —respondió Kairos, claramente incómodo.

—¿No crees que después de tantos años podrías merecértelo?

Él apretó los puños y Tabitha vio sus tendones marcados. Todo en él era tan fuerte, tan hermoso...

—¿Has terminado de cenar?

—Sí.

—Yo estoy listo para irme a la cama.

El corazón de Tabitha revoloteó de emoción. No se cansaba de aquel nuevo y más atento Kairos. Ya no se molestaba en disimular la atracción que había entre ellos. Utilizaban el sexo con el único propósito de forjar una conexión más profunda, de encontrar placer el uno en el otro. Los encuentros ya no estaban determinados por su ciclo menstrual. Era una experiencia completamente diferente y le encantaba.

—Entonces, yo también —dijo sin vacilación.

Pero mientras Kairos la tomaba en brazos para llevarla al dormitorio se le ocurrió que había cambiado de tema a propósito, que estaba reemplazando la promesa de charlas sinceras con sexo.

Pero no iba a dejar que esos pensamientos envenenasen el momento. Había elegido la felicidad, había

elegido la confianza y se agarraría a eso como se agarraba a él.

En sus brazos no era difícil sentirse satisfecha y segura en el presente.

Y confiar en que todo saldría bien al final.

A pesar de su resolución, se encontró abrumada por
una grave inquietud durante los siguientes días. Kairos
había vuelto a distanciarse. Había soportado esa frialdad durante demasiados años como para no recono-
cerla. Le hacía el amor cada noche, sí, pero no despertaba entre sus brazos como habían hecho durante los
primeros días en la isla.

Se apartaba de ella. Cada mañana, el espacio vacío a
su lado era más grande y no podía dejar de pensar que
un día se despertaría y él se habría ido. Era como si
cada noche se alejase un poquito más.

La confianza, pensó, no era una ciega estupidez.
Tenía que confiar en sí misma también, no solo en él.
Tenía que confiar en su instinto. Algo había cambiado
y no era bueno. Estaban volviendo atrás.

No podía dejar de preguntarse si Kairos se habría
acercado demasiado al fuego y estaba intentando escapar. Si la intimidad estaba empezando a molestarlo.
Por primera vez habían empezado a hablar a corazón
abierto... o al menos ella lo había intentado, apartando capas para averiguar quién era, no quién fingía
ser.

Eso que había entre ellos era incómodo, siempre lo
había sido. Por eso le habían dado la espalda.

Pero se había terminado. Lamentablemente para él,
no iba a permitir que saliera corriendo.

Tenían menos de una semana para arreglar la relación y quería quedarse con él. Había tomado esa deci-

sión, pero deseaba que su matrimonio fuese algo más. No quería volver a la helada estepa.

No, iba a hacer que hubiese un cambio. Un cambio permanente.

La conversación no parecía funcionar con él. La única forma de llegar a Kairos parecía ser utilizando su cuerpo. La había elegido como esposa por su cerebro, por su actitud. Porque conectaban a un nivel lógico.

Pero estaba harta de apelar a la lógica, de modo que iba a utilizar su cuerpo. Iba a atacarlo desde todos los frentes. Se preguntó entonces si las cosas hubieran cambiado si hubiese intentado seducirlo antes.

No podía negar la poderosa atracción que había entre ellos, pero en el pasado no había habido intimidad en sus encuentros sexuales. Ni sinceridad.

Y pensaba tener ambas cosas esa noche. Iba a desnudarlo del todo, no solo de la ropa, sino de todo lo demás.

Había examinado todos los vestidos, comprados por una extraña, y había encontrado uno de color rojo que no se hubiera puesto en otra ocasión. Era como si estuviera pintado sobre sus curvas, tan ajustado que parecía como si estuviera desnuda.

Nunca se había preocupado en exceso por su figura. ¿Para qué cuando a su marido no le interesaba? Pero en aquel momento pensaba usarla como un arma y esperaba tener munición suficiente para que esa montaña de hombre se arrodillase a sus pies.

Tomó aire y se miró al espejo. Apenas reconocía a la mujer que veía allí. El pelo rubio le caía sobre los hombros. No se lo había cepillado durante varios minutos para dejarlo liso, sino ondulado, salvaje. Y el carmín rojo iba a juego con el vestido, mucho más osado de lo que había pretendido.

Pero una seducción de ese calibre requería algo osado y brillante.

Bajó la escalera, deslizando los dedos por la baran-dilla. También se había pintado las uñas a juego con el color del vestido. No iba a arrancarse el esmalte como había hecho esos días sin darse cuenta porque no iba a ponerse nerviosa.

Apretó los dientes, repitiendo ese mantra una y otra vez, como si repetirlo tantas veces fuese suficiente para hacerlo real.

Entonces vio a Kairos al pie de la escalera. Llevaba una camisa blanca con los dos primeros botones desa-brochados, revelando su tentadora piel bronceada el vello oscuro de su torso. Le encantaba su torso y podría pasarse horas explorándolo con las manos, los labios, la lengua. Había descubierto que tenía pocas inhibiciones con él. Eso, al menos, había hecho que la última se-mana fuese muy entretenida.

Sonrió cuando llegó abajo y se quedó esperando para ver su reacción ante su nuevo aspecto.

Estaba serio, con una expresión como esculpida en granito. Pero el rictus de su boca y el brillo de sus ojos le hicieron saber cuánto lo afectaba. Parecía un poco tenso, con las venas del cuello marcadas, los puños apretados a los costados y los atractivos músculos de sus antebrazos morenos flexionados en un esfuerzo por contenerse.

Sí, desde luego estaba afectado.

–¿Te has vestido para cenar? –le preguntó él por fin.

–En realidad, me he vestido para el postre.

Kairos no sabía cuándo había perdido el control de la situación. Si fue cuando vio a Tabitha bajando la es-calera con ese vestido que se ajustaba a su cuerpo como un amante, destacando sus generosos pechos, la estre-cha cintura, las redondeadas caderas. O si fue cuando sus ojos se clavaron en sus labios y se la imaginó de-jando esa marca roja por toda su piel.

O si había sido mucho antes. Si se había ido colando

entre sus dedos como la arena de un reloj desde el momento que llegaron a la isla. La había llevado allí para convencerla, pero Tabitha había puesto su mundo patas arriba y empezaba a preguntarse quién estaba controlando la situación.

Ella dio un paso adelante, rozándolo con sus pechos y enredando las manos en su cuello para buscar un beso. Lento, apasionado. Kairos quería envolverla en sus brazos, aplastarla contra su torso y tomarla allí mismo, demostrándole que ella no llevaba el control. Pero no quería que aquello terminase. Estaba desesperado por saber qué había planeado.

Aunque no debería.

Distanciarse de Tabitha durante los últimos días no había sido tarea fácil. Había probado el paraíso, el placer desenfrenado, y luego había levantado un muro. Había colocado un velo entre los dos. No quería perder el control otra vez. Sabía que su razonamiento era sensato, pero también una tortura con la que no había contado.

Ella trazó su labio superior con la punta de la lengua, provocando un incendio en sus venas, una bola de fuego en su estómago. Estuvo a punto de perder el control en ese momento, pero se contuvo.

Luego puso las manos sobre su torso, donde su corazón latía desbocado, y deslizó los dedos por su estómago hasta rozar la hebilla del cinturón. Cuando levantó la mirada para buscar sus ojos, Kairos se quedó sin aliento.

Tabitha quería ir despacio, eso estaba claro. Pero podría matarlo, también eso estaba claro.

Le quitó el cinturón despacio, mirándolo a los ojos, haciéndole recordar lo que había pasado en la terraza. Luego metió una mano bajo la tela para acariciarlo con sus delicados dedos y él dejó escapar el aliento entre los dientes, con todo el cuerpo rígido.

Tabitha siguió besándolo mientras lo acariciaba, imitando el ritmo de su lengua con la mano. Un involuntario estremecimiento sacudió su cuerpo cuando cerró los dedos sobre su miembro, mordiéndole el labio inferior al mismo tiempo.

—Tabitha —susurró. Suplicando. Maldiciendo. Advirtiendo.

—¿Qué? —preguntó ella con tono inocente.

—No me pongas a prueba —le advirtió, sin saber lo que quería decir. Solo sabía que debería apartarla, pero no era capaz. Ella era una mujer menuda y podría dominarla si quisiera, pero su espíritu no era lo bastante fuerte. Sus caricias lo enloquecían y, si uno de los dos iba a tomar la decisión de apartarse, tendría que ser ella porque él no podía hacerlo. Había intentado contenerse durante los últimos días, pero ya no le quedaban fuerzas.

No, no solo durante los últimos días, sino en los últimos cinco años. Cinco largos años casado con una mujer como ella y teniendo que contener su deseo. No podía hacerlo. No podía contenerse más.

—Quiero ponerte a prueba, *agape*. Y espero que fracases —murmuró ella, inclinando la cabeza para besarle el cuello y rozar la sensible piel con los dientes—. He venido para entregarme a ti, como un regalo. Uno que puedes usar tan egoístamente como quieras. Puedes disfrutar de mí todo lo que desees.

Un gruñido salvaje escapó de su garganta mientras la tomaba en brazos para llevarla al salón. Se dejó caer en el sofá y la sentó a horcajadas sobre sus rodillas mientras Tabitha se apretaba contra su erección, dejando escapar un suspiro de placer al hacerlo.

—Me gusta esta vista —murmuró Kairos, rozando un pezón con el pulgar por encima de la tela del vestido—. Es precioso, pero prefiero verlo en el suelo.

Tiró de la cremallera, dejando que el vestido cayese

hasta su cintura, revelando unos pálidos y perfectos pechos. Se inclinó hacia delante para tomar un pezón entre los labios, haciendo lentos círculos sobre la punta con la lengua. Experimentó una oleada de satisfacción al notar que temblaba. No podía pensar en nada más que en tenerla, en darle placer como Tabitha había hecho con él.

Cambió de posición para sentarla en el sofá y se colocó en el suelo, frente a ella. Cuando tiró del vestido y descubrió que no llevaba nada debajo soltó una palabrota mientras se ponía de rodillas, como un suplicante adorando el templo de su belleza.

Era tan preciosa, tan excitada y desinhibida. Y él estaba tan duro que le dolía. Solo deseaba librarse completamente de la ropa y hundirse en ella hasta el fondo.

Pero entonces todo terminaría demasiado aprisa y Tabitha no estaba tan loca de deseo como él deseaba. Quería que perdiese la cabeza.

Se dio cuenta entonces de que aquella era la perfecta definición de «seducción». Hasta el punto de que Tabitha ya no era la incitadora. Su cuerpo estaba convencido de que aquello era idea suya y no había otra cosa que hacer. No iba a luchar.

Movió las manos despacio por el interior de sus muslos, evitando su parte más íntima, disfrutando cuando un gemido de decepción escapó de sus labios. Sabía que ella necesitaba desesperadamente que la tocase allí, pero no iba a hacerlo. Por el momento.

–Kairos –murmuró, con cierto tono de advertencia.

–Paciencia, *agape*.

–¿Por qué? He esperado cinco años para que me mirases así. ¿Por qué tengo que esperar?

Nunca había hecho eso por ella. Nunca la había besado allí.

Y lo lamentaba amargamente.

Pero iba a satisfacer ese deseo. Saciaría su apetito por ella, pero solo después de haberla hecho suplicar.

Deslizó un dedo en su húmedo interior, rozando el capullo de nervios con el pulgar, y ella arqueó la espalda mientras respiraba agitadamente, empujando las caderas hacia delante, buscando la penetración.

–Me deseas –susurró él, con la voz tan quebrada que apenas la reconocía–. Me deseas de verdad.

–Sí –musitó ella–. Deja de jugar conmigo.

–Estás tan húmeda por mí, mi dulce esposa. Sé que no te casaste conmigo por pasión, pero me deseas.

No sabía por qué quería escuchar esa confesión. Tal vez porque lo había dejado, tal vez porque sabía que había sido infeliz durante mucho tiempo, tal vez porque no la había satisfecho en la cama como debería.

Y necesitaba saber, sin la menor sombra de duda, que no solo él experimentaba ese deseo profundo e incontrolado que lo hacía sentir inquieto, como si fuese a morir si no podía estar con ella. El oxígeno daba igual; Tabitha era el elemento más vital para su supervivencia.

Y necesitaba saber que ella sentía lo mismo.

–Te deseo –dijo ella por fin.

–¿Más de lo que has deseado nunca a otro hombre?

–Nunca he deseado a otro. Tú eres el único hombre al que he besado, el único hombre al que he tocado.

Dejando escapar un gruñido salvaje, Kairos tiró de ella hacia el borde del sofá e inclinó la cabeza para rozarla con la lengua. Estaba hambriento de ella y Tabitha era el postre más dulce. Había sido un idiota por vivir con ella durante todos esos años y no tenerla nunca de ese modo. Había sido un tonto por tenerla en su vida, en su cama, y haberse contenido.

Estaba perdido en ella, en aquello. Perdido en los gemidos que emitía, en la dulce rendición de todo su cuerpo. La sintió estremecerse cuando llegó al orgasmo, pero no se detuvo hasta que Tabitha estaba sollozando, hasta que le suplicó, hasta que otro orgasmo la dejó temblando.

–No puedo –susurró, exhausta.

–Claro que puedes –dijo él, sin saber de dónde salía esa confianza, sin saber cómo podía hacer tal declaración sobre su cuerpo. Solo sabía que, en ese momento, sentía como si parte de él le perteneciese. Como si fuese una parte de ella.

Le besó la parte interior de los muslos antes de incorporarse para tumbarla de espaldas en el sofá y colocarse sobre ella.

–Te necesito –dijo entonces, besándola apasionadamente mientras se hundía en su interior.

Tabitha gritó, arqueándose hacia él, empujando sus pechos contra su torso. Recibía cada embestida, cada beso, cada gemido de placer, con uno suyo.

Kairos intentó ir despacio, intentó controlarse, pero había perdido el control por completo. Nada le importaba más que aquel intenso deseo por ella; como una bestia que se había apoderado de él, consumiéndolo. Metió una mano bajo su trasero para levantarla hacia él mientras la embestía profunda, rápidamente. Dejando que el mundo desapareciese, se perdió por completo en su húmedo y estrecho cuerpo.

Sus músculos internos se cerraron a su alrededor en un último orgasmo, provocando el suyo de forma irresistible. No pudo hacer más que someterse a él, al placer salvaje que lo sacudía hasta dejarlo completa y totalmente derrotado.

Cuando terminó, se dio cuenta de dónde estaba. Desnudo, totalmente vulnerable, aprisionado por la mujer que estaba debajo de él. Su mujer.

No tenía muros ni defensas.

Y eso era inaceptable.

Se apartó de ella mientras intentaba encontrar aliento.

—¿Kairos? —su tono era suave, interrogante, y se odió a sí mismo por ser un canalla. Odiaba que Tabitha le pidiese cosas que nunca podría darle.

Y era culpa suya porque se había entregado. Porque había intentado atarla a él, aun sabiendo que nunca podría entregarse del todo. Se sentía como un gusano, pero sabía que no podía hacer otra cosa. La necesitaba. La necesitaba en su vida para siempre y, al mismo tiempo, conociendo sus debilidades, sabía que tenía que levantar sus defensas.

—Gracias por el postre, Tabitha —dijo, levantándose—. Pero ahora mismo necesito estar solo.

—Kairos —musitó ella—. Quédate.

Era todo tan familiar, tan dolorosamente familiar. En aquel escenario, ella era el niño que él había sido, abandonado, olvidado.

Y él se había convertido en el desertor.

No, estaba haciéndolo por ella, para evitarle más dolor. Para evitarse a sí mismo, y a su país, lo que podría pasar si alguna vez se dejaba llevar por sus deseos más básicos.

Él no era el villano. Aunque Tabitha no pudiese entenderlo en ese momento.

Se dirigió hacia la escalera y, aunque deseaba más que nada lanzar sobre ella una última mirada, se lo negó a sí mismo. Como debería haber hecho desde el primer día.

Había sido débil esa noche, pero no volvería a serlo.

Capítulo 11

KAIROS?

La voz de Tabitha interrumpió su sueño. Había vuelto a su habitación después de su encuentro en el salón y se había quedado allí el resto de la noche. En algún momento, a pesar de su desazón, debía de haberse quedado dormido.

–¿Qué? –murmuró, demasiado adormilado como para preguntarse si no era extraño que ella estuviera sacudiendo su hombro en mitad de la noche.

–Kairos –repetía Tabitha. Algo en su tono lo despertó del todo entonces. Algo trémulo, asustado.

–¿Qué ocurre?

–Estoy sangrando... –la palabra terminó en un sollozo–. Kairos, estoy sangrando.

Él saltó de la cama, despierto del todo.

–¿Qué quieres decir? ¿El bebé...?

Encendió la luz y miró su rostro. Tenía los ojos apagados, la piel pálida como la de un fantasma. Nunca había visto a Tabitha así y se le ocurrió que tal vez también ella estaba en peligro.

–¿Has sangrado mucho?

–Creo que sí, no es normal.

–¿Cómo te encuentras?

«Aterrorizada».

–¿Crees que has perdido mucha sangre?

–Demasiada para una mujer embarazada.

–Tengo que llamar a alguien –murmuró Kairos. En

ese momento tenía la mente en blanco y no sabía a quién llamar. ¿Por qué no podía pensar? Era famoso por mostrarse frío bajo presión; era el rey de un país, pero de repente se veía abrumado por un abyecto terror.

Un helicóptero. Necesitaban un helicóptero.

Intentando salir de su aturdimiento, tomó el teléfono para llamar a uno de sus ayudantes en palacio.

—Necesito un helicóptero ahora mismo —le dijo, con voz quebrada—. Con personal médico a bordo si es posible, pero, si no, lo importante es que llegue cuanto antes.

—Por supuesto, Majestad —respondió el hombre—. Creo que podremos enviar uno desde una isla cercana y traerlos de vuelta a Petras en una hora. Le enviaré un mensaje de texto con las instrucciones.

Kairos cortó la comunicación, mirando a Tabitha con expresión preocupada.

—Llegará enseguida.

Pero al ver su expresión se dio cuenta de lo vacías e inútiles que eran las palabras.

—¿Llegará demasiado tarde?

Todo su poder, su título, su estatus, de repente no significaban nada. Aquello por lo que había trabajado durante toda su vida quedaba reducido a cenizas porque no sabía cómo responder a la única pregunta que importaba. No tenía control sobre el momento más importante de su vida. Podría ser un rey o un sin techo en la esquina pidiendo limosna. Daría igual en ese momento. Nunca antes se había percatado de sus propias carencias, de sus propias limitaciones.

—No lo sé —respondió, odiándose a sí mismo por no tener una respuesta mejor.

Tabitha dio un paso adelante para caer en sus brazos y Kairos la estrechó contra su corazón, pensando que no se merecía que ella buscase consuelo en sus brazos.

Porque no tenía nada concreto que darle, no le servía de nada.

Apenas habían pasado unos minutos, pero le parecía como si hubieran pasado horas desde que hizo la llamada. Tendría que estar decente cuando llegase el helicóptero, pero no tenía tiempo para cubrir más que lo que el decoro exigía de él.

Tabitha no dijo nada mientras lo miraba ponerse un pantalón. De vez en cuando dejaba escapar un ligero gemido que le rompía el corazón, enviando una oleada de dolor por todo su cuerpo. El silencio y los interminables minutos le daban oportunidad de reflexionar sobre esa noche. Sobre sus actos.

Había perdido el control. Se había portado con ella como un salvaje. Y luego aquello...

No podía ser una coincidencia. No, era el resultado directo de haber perdido el control, de haber perdido de vista lo que era importante. Intentando satisfacer sus deseos había puesto en peligro su futuro. El futuro de todo el país. Después de cinco años habían logrado que se quedara embarazada y estaban a punto de perder a su hijo.

Por su culpa. Porque se había convertido en todo aquello que despreciaba.

En ese momento recibió un mensaje diciendo que el helicóptero estaría allí en unos segundos y que debían estar preparados.

—Aguanta un poco más —la animó, tomándola en brazos para bajar a la terraza. Las enormes aspas sacudían las ramas de los árboles y el sonido reverberaba por todo su cuerpo—. Aguanta, Tabitha —repitió, sin saber si podía oírlo con ese estruendo.

El helicóptero aterrizó por fin y Kairos corrió hacia él con Tabitha en brazos. Demasiado poco, demasiado tarde. Todo lo que estaba haciendo era demasiado poco y demasiado tarde.

–¿Hay algún médico? –preguntó. El piloto y el copiloto negaron con la cabeza–. Entonces, llévennos a Petras lo antes posible. Es una emergencia.

Tabitha se sentía débil, mareada. Llevaba un par de horas en el hospital, esperando los resultados de las pruebas. Le habían hecho una ecografía, pero aún no podían decirle nada. Tenía que esperar al médico y también el resultado del análisis de sangre.

Kairos no se había sentado desde que llegaron. Quería creer que era debido a su preocupación por ella, pero después de cómo se había distanciado esas últimas noches tenía serias dudas y una abrumadora desolación parecía arrastrarla.

En ese momento se abrió la puerta y el médico entró en la habitación.

–Majestades. Siento mucho verlos en un momento tan doloroso.

Un gemido llenó la habitación y Tabitha se dio cuenta de que había salido de sus labios. Si el médico decía que era un momento doloroso era porque no tenía buenas noticias para ella. Ni para su bebé.

–Majestad, no pierda la fe. No me gustan los resultados que tengo delante, pero podría ser peor. No hemos podido detectar el latido en la ecografía, pero tal vez aún sea demasiado pronto para detectarlo. Volveremos a hacer una ecografía la semana que viene y esperemos que los niveles de hCG hayan aumentado. Eso nos daría una indicación de si el embarazo es viable.

Las palabras del médico daban vueltas en su cabeza, pero no era capaz de entenderlas.

–Entonces no ha perdido el bebé –dijo Kairos.

–Sabemos que no ha sufrido un aborto, pero es imposible saber si el feto es viable en este momento.

Una lágrima rodó por la mejilla de Tabitha. Sentía como si el mundo estuviera derrumbándose a su alrededor.

–Pero eso es bueno –insistió Kairos.

–El sangrado podría ser debido a la rotura de un vaso sanguíneo. Podría no ser nada importante.

–¿Debe quedarse en cama, hacer algo en especial?

–Si va a sufrir un aborto natural, en este momento el descanso no serviría de nada –el médico se volvió hacia Tabitha–. Descanse cuando lo necesite, duerma todo lo que quiera. Escuche a su cuerpo.

–Estoy enfadada con mi cuerpo en este momento –replicó ella–. No está haciendo lo que debería hacer.

–No lo culpe, ni a usted misma. Si esta cómoda, me gustaría darle el alta esta misma noche para que pueda dormir en el palacio.

–¿Y si necesitase algo?

–Yo puedo llegar al palacio en unos minutos, pero no creo que sea necesario.

–¿Y dentro de una semana tendremos la respuesta? –preguntó Tabitha.

–Sí... a menos que sufra un aborto en ese tiempo. Pero, con un poco de suerte, la situación seguirá estable y cuando vuelva tendremos los resultados.

–Muy bien –murmuró ella, intentando contener las lágrimas–. De acuerdo.

–¿Quieren hacerme alguna otra pregunta?

–No, eso es todo –respondió Kairos. Y Tabitha no tenía energías para protestar–. ¿Estás lista?

Ella tragó saliva.

–Sí, supongo que sí.

Volvieron al palacio en silencio. Llevaba un mes fuera de allí y le parecía un sitio extraño. Le hubiera gustado volver a la isla, a la noche anterior, cuando se había sentido tan feliz, como si todo estuviera en su sitio. Sí, sabía que tendría que luchar para convencer a Kairos de que le abriese su corazón, pero estaba dispuesta a hacerlo.

Habían tenido sus catorce días, pero estaban de vuelta en la realidad, enfrentándose a un futuro incierto, a la posibilidad de un dolor que no sabría si podría soportar.

No era justo. Por fin había encontrado valor para dejar a Kairos y justo entonces se quedaba embarazada. Y luego, después de esforzarse por establecer una conexión con él, por arreglar su matrimonio, podría perder a su hijo.

¿Para qué servía nada de lo que hacía?

Se apartó de Kairos y se metió en la cama, dándole la espalda.

—¿Te encuentras bien?

—No —respondió ella—. No estoy bien. Esto es un error, todo es un error.

—Lo sé.

—No como lo sé yo —replicó Tabitha, mostrándose petulante e injusta. Porque era su cuerpo el que estaba soportando la incertidumbre y el dolor. Porque era a ella a quien le importaba tanto que había tenido que marcharse, porque era ella quien amaba a un hombre que no le correspondía.

Porque lo amaba, claro que sí. No había querido reconocerlo por miedo a lo que eso implicaba, por miedo al dolor que podría causarle en el futuro, pero era cierto.

Reconocer que lo amaba en ese momento, cuando el hermoso futuro que se había imaginado durante esos días en la isla se le escapaba de las manos...

Si perdía el bebé, ¿qué quedaría para ellos? ¿Más años intentándolo o por fin Kairos le daría la espalda del todo?

Sabía cuál era la respuesta porque Kairos lo había dejado claro: se quedaría a su lado. Esa era la razón por la que había empujado a Andres a casarse con Zara, esperando que ellos tuviesen un heredero.

Se quedaría a su lado, pero lejos de ella.

Estaban donde habían empezado. A menos que él pensase de otro modo.

—Siento mucho que tengas que pasar por esto —dijo Kairos.

—¿No estás sufriendo tú también?

—Claro que sí. No sabes lo importante que es ese bebé para mí. Me han enseñado desde niño cuáles son mis responsabilidades como gobernante de este país y tener un heredero es una de las más importantes.

Tabitha se sentó en la cama, con la rabia superando al cansancio.

—¿Esa es la única razón por la que te importa?

—No, claro que no. ¿Cómo puedes pensar eso? Quiero ser un buen padre para mi hijo. No quiero ser un instructor con mano de hierro como lo fue mi padre, pero no sé cómo voy a hacerlo. Ya me he imaginado cómo sería tener a mi hijo en brazos, pasear por la playa con él, o con ella, como hemos hecho tú y yo esta semana. No me insultes preguntando si el trono es lo único que me importa.

—Es de lo único que hablas.

—Porque es más sencillo.

Los dos se quedaron en silencio. Tabitha no sabía qué decir. Tenía razón, hablar del reino, del trono, era más sencillo que hablar de sus miedos. Mucho más sencillo que hablar de los sentimientos que la ahogaban. Del amor, un amor estúpido y terrible que no quería sentir.

—Esto tiene que funcionar —dijo él con tono desesperado.

Sí, tenía que funcionar porque, si perdían a su hijo, ¿qué les quedaba? Nada más que una fría unión y ninguna razón para seguir juntos.

–¿Estás bien? Pareces a punto de desmayarte.

–Tengo que tumbarme un rato –Tabitha apoyó la cabeza en la almohada–. Hoy ha sido un día horrible.

–Mañana será mejor –afirmó él, como si quisiera convencerse a sí mismo.

–¿Vas a quedarte conmigo?

Sabía que no debería preguntar; sabía que esa pregunta traicionaba sus sentimientos, pero no le importaba proteger su orgullo en ese momento.

Kairos no respondió.

–Por favor –dijo Tabitha entonces.

–Será mejor que no me quede. Tienes que descansar, pero estaré en mi habitación si me necesitas. Deja el móvil sobre la mesilla.

Tabitha apretó los dientes, dolida, furiosa.

–¿Te dignarás a responder? Los dos sabemos que siempre te ha resultado fácil ignorar mis llamadas.

–Prometo que responderé –contestó él con tono helado.

Tabitha no dijo nada más. Se quedó en silencio, esperando que se fuera. Cerró los ojos mientras escuchaba sus pasos y el ruido de la puerta al cerrarse.

Kairos ya se había distanciado de ella. Lo había hecho antes de que empezase a sangrar. Fue entonces cuando se dio cuenta de que, por mucho que ella hablase de su pasado, Kairos no le había contado nada del suyo. Sí, sabía que su madre se había ido cuando tenía doce años, pero no sabía lo que había sentido, no sabía cómo le había impactado su marcha.

Había acallado todas sus preguntas con besos y ella se lo había permitido.

De repente, saltó de la cama. No sabía lo que iba a hacer, pero estaba angustiada, desesperada. Necesitaba hablar con él.

Se dirigió a su dormitorio y abrió la puerta sin molestarse en llamar. Kairos estaba frente a la cama, de espaldas a ella, y se volvió bruscamente, con las cejas fruncidas.

–¿Te encuentras bien? Deberías estar en la cama.

–Estaba pensando... y tenemos que hablar.

–¿Tú crees? Yo creo que deberíamos descansar.

–Ya, claro, porque no quieres hablar conmigo. Te gusta que te cuente mis cosas, me animas a hacerlo, pero no me das nada a cambio.

–¿No te doy nada a cambio? Pensé que te había dado algo anoche, en el sofá.

–El sexo no es intimidad –replicó ella, con la voz vibrando de emoción–. Puede serlo y lo ha sido para mí, pero no lo es para ti. Creo que lo utilizas como una forma de distracción... para distraerme a mí y a ti mismo de lo que es importante. Te he dado tanto de mí misma en esta semana, te he hablado de mi pasado, te he contado por qué te dejé, lo que quería para el futuro. Pero tú no me das nada a cambio.

–¿Qué es lo que quieres de mí, Tabitha?

–Sinceridad. Yo he tomado la decisión de confiar en ti y necesito que tú confíes en mí. Tengo que saber que no habrá más distancia entre los dos.

–No puedo prometer eso.

–¿Por qué no? Deberías ser capaz de hacerlo.

–Pero no puedo.

–¿Por qué?

–No es posible para mí. Tengo que ser fuerte, tengo que ser el gobernante de un país. No puedo permitirme mirar atrás y examinar mi pasado y no lo haré. No puedo permitirme ser vulnerable, ni contigo ni con nadie. Tendremos a nuestro hijo y entonces todo tendrá sentido. Debo confesar que tal vez nuestro matrimonio nunca será lo que tú esperas, pero sigue siendo lo que yo te prometí. Debo pensar en Petras antes que en nada y eso exige que mantenga cierta distancia con todo lo demás.

–Kairos... –empezó a decir ella con un nudo de angustia en el pecho.

–No serás infeliz. Creo que ahora nos entendemos mejor el uno al otro. Yo te entiendo y esto... esta sinceridad que te ofrezco es lo único que puedo darte. Siento mucho si eso te duele, de verdad, pero no puedo hacer nada más.

Ella asintió, tragando saliva mientras se daba la vuelta. Lo había intentado y había fracasado. No podía hacer nada más.

–Buenas noches –murmuró, mientras cerraba la puerta firmemente tras ella, sintiendo que había algo definitivo en esa despedida.

Kairos jamás iba a bajar la guardia del todo. Lo había dicho él mismo, acababa de admitirlo. Pensaba que todo estaba bien porque iban a tener un hijo y eso le daría el propósito que anhelaba.

Pero aunque el embarazo siguiese adelante no era suficiente para ella. Lo amaba y necesitaba que él la amase también.

Ahí, se dio cuenta, estaba la felicidad que había buscado.

Se había movido por la vida buscando estatus, dinero y seguridad, pero había olvidado buscar afecto. Hasta su matrimonio con Kairos. Y en el palacio, rodeada de lujo, luciendo los mejores vestidos, se había sentido infeliz. La vida tenía que ser algo más. El amor, eso era lo que anhelaba de verdad. Ningún dinero podía comprarlo, ningún título podía compararse con él. Y no podía obligar a Kairos a amarla.

Se tumbó en la cama, pero las frescas sábanas no consiguieron calmar su ansiedad.

Tendría que tomar una decisión, pero esa noche solo

iba a dormir. Iba a agarrarse a pensamientos positivos sobre el futuro, de modo que se abrazó a sí misma y cerró los ojos. Rezaría para no sangrar más, rezaría para tener eso al menos.

Por primera vez, era fácil para ella vivir en el presente. Allí, en el palacio, casada con Kairos, embarazada de su hijo. Pero ¿quién sabía lo que ocurriría al día siguiente? ¿Quién sabía dónde estaría? No tenía ni idea.

Las lágrimas empezaron a rodar por su rostro y no se molestó en apartarlas. No se molestó en mantener el control o fingir que no estaba desolada.

Todo por culpa del amor, aunque no podía lamentarlo. Había temido el dolor y la desolación de un corazón roto, pero no lo lamentaba. No lamentaba amar a Kairos.

Al menos ese amor era sincero, real. Al menos no estaba escondiéndose.

Prefería resultar herida sacándolo a la luz que desaparecer lentamente en la oscuridad. Por mucho que le doliese.

Capítulo 12

KAIROS no podía dormir, de modo que fue a su despacho a trabajar un rato y luego se dirigió a la cocina para desayunar. Se quedó sorprendido al ver a Tabitha sentada a la mesa, con una taza de té en la mano. Tenía un aspecto impecable, en su estilo habitual, con un vestido blanco, un collar de perlas de una sola vuelta y el cabello rubio recogido en un moño. La única indicación de que no había dormido eran las bolsas bajo los ojos.

—¿Te encuentras bien? —le preguntó, sentándose a su lado.

—Sigo embarazada, si eso es lo que quieres saber.

—Sí, eso es lo que quería saber —respondió Kairos. Pero no era cierto. Quería saber si había dormido algo, querría preguntar si le había hecho daño, pero no podía hacerlo.

—Ahora que hemos dejado eso claro, hay algo que debemos discutir.

—Me gustaría tomar un café antes.

—Pero soy yo quien está embarazada y quien tiene problemas y no me apetece esperar.

—Tampoco yo lo estoy pasando bien, Tabitha.

Ella lo fulminó con la mirada.

—¿Por qué no te quedaste conmigo anoche?

—Porque necesitabas descansar.

—¿Y pensabas tenerme despierta toda la noche contándome historias de miedo?

–No, pero podría no haber respetado que necesitabas descansar.

–No creo que acosaras a tu esposa recién hospitalizada.

Kairos apretó los dientes.

–No lo sabes y yo tampoco, francamente. La otra noche... te traté de una forma horrible.

–En eso estamos de acuerdo.

Kairos recordó lo desesperado que estaba, lo apasionado que había sido. Si le ocurría algo al bebé por su culpa nunca se lo perdonaría a sí mismo.

–Lo siento –dijo con voz ronca–. Perdóname por lo brusco que fui. Perdí la cabeza.

–¿De qué estás hablando?

–Fui demasiado brusco contigo.

–Yo no me refería a eso, sino a lo que pasó cuando llegamos a Petras, cuando me dejaste. Eso es lo que me disgustó. Quería que te quedases conmigo. Necesitaba abrazarte, sentirte a mi lado. Si no hay eso, solo se trata de sexo. No es intimidad en absoluto.

Kairos se sintió aliviado, pero también furioso y frustrado.

–Ya te dije que la intimidad es algo que no podemos compartir... al menos no como tú quieres. Querías sinceridad y yo estoy dispuesto a ofrecértela. Siento mucho que no sea la relación que tú esperabas.

–No entiendo por qué. Sigo sin entenderlo.

–Y yo no puedo hacerte entender –replicó él, inquieto–. No hay nada que pueda decir que no haya dicho ya.

–Cuéntame algo real sobre ti. ¿Qué pasó cuando tu madre se marchó? Cuéntame cómo fue crecer solo con tu padre.

–Ya te he contado que mi padre era un hombre frío y distante. Intentaba convertirme en un hombre fuerte y entiendo por qué. No puedo guardarle rencor, aunque tampoco puedo decir que mi infancia fuese feliz, pero me convirtió en el hombre que soy, el hombre que debo ser.

—Tú no eres un robot, eres un ser humano. Deja de fingir que no tienes sentimientos. Deja de fingir que haber sido criado por un sargento estaba bien porque te convirtió en un buen rey, en lo que tú consideras un gobernante ideal. Es falso, Kairos. Y yo no puedo seguir viviendo así, no puedo. Llevo demasiados años escondiéndome. Estaba tan escondida que no podía ver el sol —Tabitha tragó saliva—. Es cierto que no he sufrido demasiado, pero tampoco he sido feliz. Y ahora mismo estoy tan asustada... nunca había rezado tanto. Quiero a este niño más de lo que te puedas imaginar y la idea de perderlo me llena de terror, pero no lo cambiaría por nada. No me protegería a mí misma de este embarazo porque ha tocado partes de mí que no sabía que existieran. Este hijo me hacía albergar esperanzas y me pasaba lo mismo contigo, pero ahora...

—¿Qué quieres decir?

—Esto no puede durar —respondió ella, con un tono cargado de tristeza.

—¿Qué no puede durar?

—Esto, nuestra relación. No podemos volver atrás y si este susto me ha enseñado algo es que lo que intentamos crear en la isla no es lo bastante fuerte.

—No, eso no es verdad —replicó él, asustado.

—Sí lo es, Kairos. Yo no puedo luchar contra un muro para siempre. Sí, durante un tiempo pensé que podría ser diferente, que tal vez podría funcionar por el niño, pero si esa es la única razón por la que seguimos juntos los cimientos de nuestro matrimonio no serán lo bastante sólidos. No seremos felices y nuestro hijo tampoco.

–¿Quieres perderlo? ¿Eso es lo que estás esperando? –exclamó él entonces, enfadado.

Lamentó esas palabras en cuanto las hubo pronunciado al ver la reacción de Tabitha, que se echó hacia atrás como si la hubiese abofeteado.

–No, claro que no. ¿Cómo puedes decir eso? Deseo más que nada que este niño nazca sano, pero podríamos perderlo ¿y entonces para qué seguir juntos?

–¿No crees que el deseo que hay entre nosotros sea suficiente?

–No, no lo es. No puedo dejar que te apartes cuando te conviene. Es cruel. No puedo soportarlo.

–¿Por qué estás cambiando la historia? –exclamó él, levantándose de la silla–. Habíamos llegado a un acuerdo, Tabitha. Eres una mentirosa, una manipuladora... –se odiaba a sí mismo, odiaba las palabras que salían de su boca, pero no podía controlarse. Se sentía como si el suelo se estuviera hundiendo bajo sus pies. Le había dado todo lo que podía darle y, aun así, no era suficiente. Tabitha iba a dejarlo. ¿Cómo se atrevía? Él era el rey y ella esperaba un hijo suyo. Era su mujer.

–Porque he cambiado, lo siento. Te quiero, Kairos. Si tú no puedes quererme, y no me refiero a decir que me quieres, sino a demostrarlo, no hay nada que hacer. Si solo puedes entregarme tu cuerpo, sin mostrarme tu alma, entonces no puedo quedarme porque me duele demasiado.

Kairos sintió como si hubiera metido la mano dentro de su pecho para arrancarle el corazón. Y cuando se levantó pensó que si daba otro paso se lo llevaría con ella.

«Tal vez deberías agradecer que lo hiciera».

No podía respirar.

–No me dejes –murmuró.

–¿Qué estás dispuesto a darme? Y no me refiero a

dinero, joyas o placer. ¿Qué me darás de ti mismo, Kairos? He visto cosas terribles, cosas que un niño no debería ver nunca. Me he pasado la vida escondida porque eso destruyó mi opinión sobre los demás, porque durante mucho tiempo pensé que todo el mundo ocultaba algún oscuro y terrible secreto. Tuve que lanzarme y confiar en ti... y fue tan difícil... Sé que crees que no puedes darme nada más, pero no voy a quedarme esperando que algún día me quieras. Que algún día puedas tirar el muro que has levantado alrededor de tu corazón.

–Soy un rey. Tengo que protegerme.

–¿Por qué?

A Kairos no le gustaban esas preguntas. No le gustaban porque ponían a prueba la lógica de sus argumentos.

–Porque debo hacerlo –respondió. Se negaba a profundizar más, se negaba a desvelar ese pozo oscuro que escondía la verdad. El resultado sería el mismo, de modo que no tenía sentido hacerlo.

–Tengo que irme, Kairos.

Tabitha se dio la vuelta y él la miró con el corazón encogido. La mujer que lo aferraba a la tierra, que lo hacía respirar, se alejaba de él. Se había humillado de niño suplicándole a su madre que se quedase y no había servido de nada. Y allí estaba de nuevo, enfrentándose a su peor miedo. Tenía que preguntarse si aquel momento en la playa no habría sido una premonición.

Tabitha siguió adelante y él no dijo una palabra.

«Pídele que se quede».

Pero se le había cerrado la garganta, no podía decir nada.

La vio salir de la cocina con los hombros erguidos, orgullosa como solo Tabitha podía serlo. En silencio, sufriendo en silencio, como durante esos cinco años.

Por su culpa.

«Al menos se ha librado de ti».

Y también él se veía libre de ella, así que debería estar agradecido. No necesitaba una esposa. El niño sería su heredero y el país estaría seguro.

Eso era lo único que importaba. No había honor en ser un rey divorciado, pero su padre lo había sido. Su país había tenido una reina ausente durante muchos años.

Y sería así de nuevo.

Kairos se rio, fue un sonido amargo y vacío. Siempre había aspirado a ser el rey que había sido su padre y lo había conseguido.

Un rey sin una reina, con el corazón oculto tras un muro de piedra tan frío como el palacio en el que vivía.

Sin ella sería aún más frío, pero lo agradecería. Eso lo convertiría en el líder que tenía que ser. Era un pequeño sacrificio por el bien de la nación. Gobernaría con la cabeza... no podría hacer otra cosa porque Tabitha se llevaría su corazón con ella.

Pero la dejó marchar. Al final, era una bendición. Los sentimientos eran para hombres que no habían nacido con un reino que proteger.

Apretó los puños hasta que le dolieron los tendones y agradeció el dolor porque lo distraía de la angustia que sentía en el pecho. Una angustia a la que tendría que acostumbrarse.

Pero era algo con lo que había tenido que lidiar antes, tras la marcha de su madre, y seguiría adelante como siempre.

No había otra opción.

Capítulo 13

DURANTE tres noches, el sueño de Kairos estuvo plagado de pesadillas. Veía imágenes de una mujer que se alejaba de él mientras sus pies estaban clavados en el suelo. Odiaba aquella sensación de impotencia, pero durante el día hacía lo que se esperaba de él; incluso emitió un comunicado sobre su separación de la reina.

Se imaginaba que si daba los pasos oficiales para afrontar el divorcio ese sería el final y todo volvería a estar en su sitio. Pero no podía evitar las pesadillas.

Inquieto, apartó el edredón y se levantó para dirigirse al balcón, desde el que podía ver las montañas y el bosque que había frente al palacio, en la zona más alta de Petras. La nieve lo cubría todo, haciendo que el tiempo que habían pasado en la isla le pareciese más irreal.

Seguía esperando experimentar una sensación de alivio. Con Tabitha fuera del palacio, no tendría que luchar con los elementos más conflictivos de su relación. Sería libre para proseguir con una labor que no había cumplido del todo desde que se casaron.

El aire helado le golpeó la piel y no hizo nada para protegerse del frío. Al contrario, apoyó las manos en la balaustrada de piedra para mirar la tierra de la que era responsable. Aquella era su herencia, la que dejaría a su hijo... si de verdad tenía un hijo.

Normalmente experimentaba una sensación de orgullo cuando miraba Petras, pero esa noche el paisaje helado parecía tan vacío como él. No parecía lleno de promesas ni de un futuro que le importase.

Debería enfurecerle que Tabitha hubiese demostrado ser tan falsa como el resto de las mujeres de su vida. Pero no era a sí porque, por alguna razón, no podía compararla con su madre. Sí, su despedida le había recordado el día que su madre se marchó, pero Tabitha no era su madre.

En realidad, nunca había temido eso. Se decía a sí mismo que así era, que necesitaba una unión fría y sin amor para no ser presa de una mujer frívola. Pero ese había sido su auténtico miedo. Él mismo era su auténtico miedo, no los demás.

Cuando cayó de rodillas y lloró tras la marcha de su madre, cuando se negó a salir de su habitación durante días, su padre le había dicho que estaba mostrando los mismos signos de debilidad por los que ella había renunciado a sus deberes como reina.

Y Kairos sabía que era verdad. Mucha gente decía que era Andres quien se parecía a su madre, que los dos eran espíritus libres, frívolos y proclives a actos temerarios y espontáneos. Pero él sabía la verdad.

Aunque Andres daba la impresión de ser el hermano más débil, lo hacía todo calculando las consecuencias. Lo hacía por la respuesta de la gente que lo rodeaba, para poner a prueba su lealtad. Y lo conseguía. Pero era él quien tenía ese pozo de emociones en su interior; unas emociones que no podía controlar y que podían empujarlo a abandonar sus deberes.

Había querido ser como su padre. Desesperadamente. Quería ser la clase de líder que el país necesitaba, pero sabía que no lo era. Era como su madre: débil, emocional. Y había intentado destruir eso, levantar barreras entre esas emociones y sus decisiones. Se había atrapado a sí mismo, y a Tabitha, en un matrimonio que podría y debería haber sido mucho más de lo que él estaba dispuesto a dejar que fuese.

Pero tenía miedo de su propia debilidad.

«Tienes que elegir. Tienes que confiar».

No podía tomar esa decisión. No podía confiar en él o en Tabitha.

Apretó los dientes para controlar la angustia que lo asaltaba. La deseaba tanto, el anhelo por Tabitha era incontrolable, pero ese anhelo quedaría insatisfecho durante el resto de su vida.

Recordó la noche que su madre se marchó, la tristeza y el miedo que había visto en sus ojos. Tenía miedo. Nunca se había dado cuenta de eso hasta aquel momento. ¿Cómo iba a hacerlo? Cuando se marchó solo era un niño preocupado por sus propias emociones y no por las de ella. Su madre era el enemigo en esa historia y nada más. Esa idea había sido reforzada por su padre y también por cómo había tratado a Andres cuando era un niño.

Pero, por alguna razón, lo único que podía ver en ese momento era el miedo en sus ojos y eso transformaba el recuerdo, hacía que el momento fuese diferente. Su madre no se alejaba de él, sino del palacio, de su padre, de aquella vida, del peso de la responsabilidad.

Y él conocía bien ese miedo.

Suspirando, volvió a entrar en el dormitorio y se puso el pantalón. Necesitaba una copa, algo que acallase los demonios que se amotinaban en su cabeza.

Abrió la puerta del despacho y se dirigió al bar, intentando silenciar los recuerdos que lo asaltaban; recuerdos de lo que había pasado allí cuando sentó a Tabitha en el escritorio para liberar cinco años de tensión sexual en un momento.

Intentando ignorar esas imágenes se sirvió una copa. Oyó que se abría la puerta a su espalda y se volvió, esperando que fuese Tabitha...

Pero no. Tabitha se había ido. Solo era Andres.

—¿Qué haces levantado a estas horas? —le preguntó Kairos.

—Me he levantado para preguntarte qué te pasa —Andres le quitó la botella de whisky de la mano y se sirvió un vaso—. No sueles bajar al despacho a medianoche y sin camisa. ¿Quieres hablar de ello?

—Prefiero tirarme por el balcón —respondió Kairos.

—Estupendo, hazte el gracioso.

—¿Perdona? ¿Has olvidado que soy el rey?

Andres hizo un gesto con la mano.

—¿Esto tiene algo que ver con tu mujer?

Kairos miró su vaso.

—Se ha ido.

—Después de tu intento de reconciliación.

—Así es.

—Siento ser yo quien te diga esto, pero no es así como debe funcionar una reconciliación.

—No estoy de humor, Andres. Así que, a menos que quieras ser azotado públicamente, deberías medir lo que dices.

—No sé en qué siglo vives, pero ya no hay azotes en Petras.

—Podría sentirme tentado a instaurarlos otra vez.

—Cuéntame qué está pasando —dijo Andres entonces, poniéndose serio—. Vuestro matrimonio no puede terminar así.

—¿Por qué no?

—Porque tú la quieres y sé que ella te quiere a ti, aunque no entiendo por qué.

Kairos se llevó el vaso a los labios, intentando no traicionar cuánto lo asustaban esas palabras.

—Dijo que me quería.

—Ah, comprendo. Y como yo estuve a punto de destruir mi única oportunidad de ser feliz, te recomiendo que sigas mi consejo: si Tabitha ha dicho que te quiere, eres un tonto si no la correspondes —Andres hizo una pausa—. En realidad, es muy parecido al consejo que me diste tú. Dijiste que si Tabitha te mirase como Zara me miraba a mí nunca la dejarías escapar. Pero es así, Kairos, siempre ha sido así. Sé que para ti no es fácil lidiar con las emociones, tampoco lo era para mí en el pasado, pero eso no significa que no merezca la pena.

—¿Qué pensabas de nuestro padre, Andres?

Su hermano frunció el ceño.

—No sé. Nunca tuvo tiempo para mí. No le servía de nada.

—¿Y de nuestra madre?

—Tú sabes que nuestra madre no tenía paciencia conmigo.

De hecho, lo encerraba en su habitación cuando había algún acto oficial, temiendo que provocase una escena.

—¿Alguna vez... alguna vez te has preguntado por qué?

Andres se rio, pero era un sonido amargo.

—Como esa es la fuente de todos mis problemas emocionales, me lo he preguntado una vez o dos.

—Nuestros padres tienen mucho por lo que responder —comentó Kairos.

—Y yo también. ¿Te he dicho alguna vez cuánto lamenté lo que pasó con Francesca? De verdad. Porque lo lamenté muchísimo.

—Lo sé —asintió Kairos—. Pero, si quieres que te sea sincero... para mí fue un alivio. No sentíamos nada el uno por el otro.

–Eso no me excusa. Y tampoco la marcha de nuestra madre.

Kairos asintió con la cabeza.

–Yo estaba allí la noche que se marchó e intenté detenerla. Pero ahora, cuando recuerdo ese momento, creo que ella parecía asustada.

–Es extraño que digas eso porque, cuando pienso en ella ahora, eso es lo que veo. No parecía tan enfadada conmigo como asustada por algo.

–¿Alguna vez has pensado en buscarla?

–Nadie sabe qué fue de ella.

–No –dijo Kairos con la voz quebrada–, eso no es verdad.

–¿Qué?

–Yo sé dónde está. Lo sé desde hace algún tiempo. Empecé a buscarla cuando nuestro padre murió... o, más bien, alguien la buscó por mí. Aún no he hecho ningún contacto, pero sé que vive en Grecia y utiliza otro nombre.

–Creo que no quiero hablar con ella –dijo Andres.

–Y lo entiendo después de cómo te trató, pero... es posible que yo tenga que hacerlo.

–Haz lo que tengas que hacer, pero puede que yo no pueda apoyarte en esto.

–Tabitha está embarazada –dijo Kairos entonces. No había querido contárselo a su hermano, pero ya no podía seguir ocultándolo. Necesitaba que entendiese por qué quería ponerse en contacto con su madre–. Pero el embarazo no va bien. El médico teme que sufra un aborto espontáneo.

Andres masculló una palabrota.

–No sé qué decir.

–Por eso intenté salvar nuestro matrimonio.

–¿Esa es la única razón?

–No, claro que no.

–¿Se lo has dicho a ella?

–No sé qué decirle. No sé cómo hacer esto, Andres. Llevo demasiados años entrenándome para no sentir nada y ahora no me reconozco. No sé cómo seguir adelante.

Su hermano asintió con la cabeza.

–Creo que sabes lo que debes hacer y que también sabes lo que sientes, pero te da miedo.

Kairos no se lo podía discutir.

–Por eso tengo que hablar con nuestra madre.

–¿Y no crees que la pobre mujer sufrirá un infarto? ¿Llamarla después de veinte años?

–Bueno, también ella estuvo a punto de provocarme un infarto cuando me dejó llorando en el suelo a los doce años. Creo que estamos en paz.

–Pensé que estaba un poco más centrado desde mi matrimonio, pero todas estas emociones siguen haciendo que me sienta un poco... incómodo.

–Extremadamente incómodo.

–Haz lo que tengas que hacer, Kairos, pero no dejes que Tabitha se vaya –Andres se dio la vuelta para salir del despacho, dejándolo solo.

Solo tenía que esperar unas horas para llamar a la mujer a la que no había visto en dos décadas.

Tenía miedo. No sabía si podía confiar en ella, o en sí mismo.

Pero si había aprendido algo de Tabitha era que uno debía tomar decisiones. Y estaba tomando una en ese momento.

–Hola. ¿Estoy hablando con Maria? –Kairos tenía un nudo en la garganta mientras esperaba la respuesta al otro lado de la línea telefónica.

–Sí –respondió la mujer con tono interrogante, inseguro.

–Soy el rey Kairos de Petras y, si eso significa algo para ti, entonces eres la persona que estoy buscando.

Al otro lado de la línea hubo un largo silencio y, por un momento, Kairos pensó que había colgado.

–¿Hola?

–Estoy aquí –dijo ella–. Estoy aquí.

–Eres mi madre.

–Sí –dijo ella, su voz apenas era un susurro.

–Siento mucho llamarte así, sin avisar, pero hay cosas que necesito saber.

–No tienes que disculparte, soy yo quien debería hacerlo.

–Tal vez –dijo él, intentando tragar saliva–. Pero habrá tiempo para eso más tarde.

–Eso espero. ¿Qué es lo que quieres saber, Kairos? –le preguntó ella, pronunciando su nombre casi como si fuera un abrazo.

–Necesito entender por qué te fuiste. Y tengo que saber por qué... por qué tratabas a Andres como lo hiciste. Él no quiere preguntar.

–Se convirtió en un joven problemático, ¿no? –el tono de la pregunta no contenía un juicio moral; al contrario, estaba cargado de afecto.

–Has leído las revistas, me imagino.

–Algunas. No podía contener la tentación de volver a verlo, aunque solo fuese en fotos.

–Ahora está casado y ha cambiado mucho. Es un buen marido, mientras que yo... no he conseguido serlo –Kairos tomó aire–. Por eso tengo que saber por qué te fuiste.

–Me ha costado mucho entenderlo –respondió ella con un hilo de voz–. Mucha terapia, muchos remordimientos. Quiero que sepas que lo lamenté incluso el día que me fui, pero no había marcha atrás.

–¿Por culpa de mi padre?

–Sí –respondió ella–. Tu padre... dijo que no podía perdonarme, que el daño ya estaba hecho. No solo se negó a dejar que volviese al palacio, también me negó la oportunidad de volver a veros.

No le sorprendió saber eso. Y tal vez porque no le sorprendió no podía enfadarse. De hecho, sentía un extraño alivio al saber que había pensado en ellos, que había querido volver. Egoísta tal vez, pero encontraba cierto consuelo en ello.

–Yo sabía que sería así –siguió su madre–. Mi familia me educó para ser una reina, para casarme con un rey. Me formaron para eso, pero yo siempre temía no estar a la altura de esa tarea. Tu padre se enfadaba tanto cuando Andres hacía una de las suyas... por eso impedí que acudiese con nosotros a los actos oficiales. Temía que tu padre lo castigase. Al final, sencillamente lo pagaba conmigo.

–¿Te pegaba?

–No, no, pero la relación era muy tensa y temía que, al final, lo hiciese algún día. Tenía tanto miedo de hacer algo mal... y vosotros os parecíais tanto a mí. A ojos de tu padre, si hacíais algo mal era culpa mía y yo no era lo bastante fuerte como para luchar contra eso. Así que os dejé con él. Eso fue lo más duro, saber que os había abandonado para dejaros con ese hombre tan frío... pero sentía que no podía ayudaros. No podía ser la madre que necesitabais y a Andres le hacía más daño que otra cosa. Cuando entendí eso... no me sentía lo bastante fuerte como para seguir siendo la reina de Petras o vuestra madre y me convencí a mí misma de que estaríais mejor sin mí. Temía que, si no me iba, vuestro padre me obligase a hacerlo. Y, por alguna razón, eso me parecía aún peor. Si esperaba, tal vez eso os hubiera hecho más daño.

–Lo entiendo.

–¿De verdad? –preguntó ella, con una voz tan llena de esperanza que le rompió el corazón.

–Sí, también yo temía eso. Temía tantas cosas... pero alguien muy sabio me dijo que a veces hay que tomar la decisión de confiar.

Y tenía que hacerlo, pensó. Tenía que olvidarse del pasado para no darle más poder sobre el presente. Tabitha tenía razón. No se podía esperar un momento mágico de certeza, de seguridad, no se podía esperar una garantía porque no las había.

A veces era necesario levantarse y mover las montañas uno solo.

–Eso es muy sensato, pero no sé si me merezco que me perdones –dijo su madre.

Habían pasado tantos años entre ese momento y el día que ella se marchó... Tanta amargura, tanto dolor. Una parte de él no quería dejarlo ir porque no podía ser tan sencillo.

En realidad, sabía que no sería sencillo, pero era la única forma de seguir adelante.

–Ven a visitarnos cuando puedas –dijo por fin–. El palacio te facilitará el viaje.

–¿Estás seguro de que quieres verme?

–Te fuiste por miedo, madre. Y, por miedo, yo he perdido a mi mujer. Pero el dolor y los remordimientos no tienen por qué interponerse con la felicidad si tomamos la decisión de que no sea así.

–¿Harías eso por mí, hijo?

–Por mí antes que nada, no creas que soy tan generoso. Pero sabía que debía hablar contigo antes de dar un paso adelante y quiero que rehagamos nuestras vidas. Todos nosotros.

–También a mí me gustaría mucho, pero sé que no me lo merezco.

–Que Dios nos ayude si solo recibimos lo que nos merecemos. Si ese fuera el caso, no tendría sentido que intentase arreglar la situación con Tabitha.

–Hazlo, Kairos. Yo no lo hice y jamás dejaré de lamentarlo.

–No habrá más remordimientos para ninguno de nosotros.

Capítulo 14

TABITHA estaba exhausta y desconcertada. No tenía energías para buscar un apartamento, de modo que se instaló en el ático de Kairos. Y, por suerte, él no había ido a buscarla. Pero también por desgracia no había ido a buscarla. No sabía lo que quería. No sabía lo que había esperado.

«Esperabas que no te dejase marchar».

Dos días antes, cuando se fue del palacio, había esperado que él la retuviese. Pero no lo había hecho. Sencillamente, la había dejado marchar. Maldito fuera.

Lo bueno era que había dejado de sangrar. Se sentía bien, al menos físicamente. Emocionalmente estaba deshecha. Era como si sus miembros pesasen una tonelada, como si estuvieran intentando enterrarla. Y empezaba a pensar que lo conseguirían, que simplemente apoyaría la cabeza en la almohada y no volvería a levantarse de la cama.

¿Por qué tenía que quererlo tanto? Era más conveniente cuando se había creído infeliz solo por la distancia que Kairos ponía entre ellos. No infeliz por ser la víctima de un amor no correspondido.

Salió del dormitorio para ir a la cocina a comer algo, pero se detuvo en cuanto entró, llevándose una mano al pecho.

—Kairos —murmuró.

Parecía como si no hubiera dormido nada en esos dos días. Estaba despeinado y tenía ojeras. Con la camisa blanca abierta y las mangas subidas hasta los codos, tenía un aspecto tan turbulento y devastador como un sueño. Tan cercano, tan real, pero intocable.

–¿Te encuentras bien?

–¿Vas a preguntarme eso cada vez que nos veamos a partir de ahora?

Y se dio cuenta entonces de que volverían a verse. Al menos si todo iba bien con el embarazo, algo que deseaba con desesperación.

Se verían cuando le hicieran ecografías, en el hospital durante el parto, cada vez que tuvieran que intercambiarse a su hijo. Tendría que verlo alejarse, llevándose con él un trozo de su corazón. No solo porque se llevaba a su hijo, sino porque también Kairos se iba.

Y, si volvía a casarse, si tenía más hijos con otra mujer... tendría que soportar eso también. Y las fotografías en los periódicos, las imágenes en televisión. Otra mujer en su puesto.

Tabitha se llevó una mano al estómago y se dobló sobre sí misma, un gemido escapó de su garganta.

–¡Tabitha! –exclamó Kairos, abrazándola–. Tabitha, ¿qué te ocurre?

–No puedo hacer esto –respondió ella, intentando controlar un sollozo–. ¿Cómo voy a poder verte con otra mujer? ¿Cómo voy a soportar que ocupe mi sitio, que abrace a mi hijo y tenga otros hijos contigo? Kairos, esto es insoportable. No puedo...

–Eres tú quien se ha marchado –le recordó él.

–Me fui porque no puedo vivir contigo si no me quieres –Tabitha intentó dar un paso atrás, pero él no la soltaba y al final se rindió, apoyando la cabeza en su pecho–. ¿Por qué sigo queriéndote?

–Nunca he entendido por qué me quieres –le confesó él con voz ronca.

–Yo tampoco. Supuestamente, me había casado con

un hombre tan frío que nunca podría derretir los muros que había levantado para guardar mi corazón. Pero no lo escondiste bien.

—¿Qué?

—Lo maravilloso que eres. Aunque entonces no pudiese verlo, podía sentir que estaba ahí. Y solo quería... quiero todo lo que me escondes, Kairos.

—Y yo quiero dejar de esconderme —respondió él.

Tabitha levantó la cabeza para mirarlo a los ojos.

—¿Qué has dicho?

—He llamado a mi madre y... tengo que contarte algo. Nunca he querido hablarte de la noche que mi madre se marchó, pero fue un momento de capital importancia para mí, la señal de mi gran fracaso, una advertencia contra aquello en lo que podía convertirme. Mi gran debilidad.

—Tú no eres débil. Si sé algo seguro sobre ti, es eso.

—Pero lo he sido, he tenido miedo. Como tú, me daba miedo volver a sufrir como sufrí entonces. Temía no poder ser lo que se exigía de mí como rey de este país. No es que no sienta nada, Tabitha. Siento tan profundamente que llevo casi toda mi vida intentando no hacerlo.

—¿Qué pasó el día que tu madre se marchó?

—La vi saliendo del palacio y supe que no volvería a verla nunca. Lo sabía porque siempre supe que me parecía más a ella que a mi padre. Sentía las cosas tan profundamente como yo y, al principio, eso era algo que me gustaba mucho, pero hablando con ella he entendido muchas cosas. Mi padre retorcía su sensibilidad, la hacía sentir como si hubiese algo malo en ella, como si sus sentimientos fuesen un problema para el país. Lo entiendo porque a mí me hizo lo mismo. Me vio llorando cuando se marchó... —Kairos tuvo que tragar saliva—. Caí de rodillas y le supliqué que se quedara, pero ella se marchó de todos modos. Mi padre me vio llorando, un chico de doce años llorando como un bebé, y me dijo que no podía permitirme esas emociones, que eran una debilidad. Pero esa falsa fuerza se ha convertido en mi peor enemigo. Ha evitado que me rompieran el corazón, pero también ha destruido cualquier oportunidad de llevar una vida normal. Y de amar. Y, cuando me dijiste que me amabas... no sabía cómo responder. O, más bien, no sabía cómo ser lo bastante valiente para responder.

—Pero tú eres valiente, Kairos. Eres el hombre más fuerte que conozco.

—Un hombre que se convirtió en un manojo de nervios tras tu declaración.

—El amor es aterrador.

—Pero todo lo importante tiene un precio, ¿no? Si no lo tiene, carece de valor. Yo creo que el precio del amor es que uno debe olvidar sus miedos, sus resentimientos. No se puede llevar eso a cuestas. La confianza tiene que ser una decisión... tú decidiste confiar en mí y yo no lo hice. Lo siento mucho, Tabitha.

—Iba a decir que no pasa nada, pero no es verdad. Me hiciste mucho daño.

—Lo sé, lo sé —Kairos levantó una mano para acariciarle la mejilla—. Tabitha, mis brazos están vacíos. Los he vaciado de todo salvo del amor que quiero darte. Es lo único que quiero, lo único que necesito.

Ella tenía un nudo en la garganta. Apenas podía creerse lo que estaba diciendo y temía que fuera un sueño.

—¿Me quieres?

—Te quiero desde el principio, pero había tantas cosas en el camino. Demasiadas cosas que no necesitaba. Lo único que necesito ahora, lo único que siempre he necesitado, es a ti. Tú me haces más fuerte. Mi amor por ti es lo que me hace pensar que puedo serlo.

–Pero no sabemos... si pierdo el bebé, no sé si podremos tener otro –Tabitha sacudió la cabeza–. Cinco años. He tardado cinco años en concebir y ahora...

–Da igual. Quiero que tengamos hijos, pero los tengamos o no, esa no es una condición para que sigamos juntos. El trono seguirá adelante con el hijo de Andres si fuera necesario. O con el hijo de algún primo lejano. El país sobrevivirá, pero yo no podría sobrevivir sin ti.

Ella levantó la cabeza para buscar sus labios.

–Te quiero –susurró, con el corazón tan lleno de amor que parecía a punto de estallar.

–Yo también te quiero. No sé lo que nos deparará el futuro, pero estaremos juntos –Kairos tomó su mano para ponérsela sobre el corazón–. Soy más fuerte gracias a ti –repitió–. No olvides eso nunca. Eres tú quien me ha enseñado que podemos olvidar las cosas dolorosas del pasado para crear un hermoso futuro.

–Me sentía tan feliz en la isla que lo entendí por mí misma. Y ahora sé que podemos hacerlo.

–Sí, mi amor, lo haremos.

–Me alegro tanto, *agape* –dijo ella, sonriendo.

–Me imagino que también yo puedo llamarte eso ahora.

–Sí, porque ahora sé que lo dices de verdad.

–¿Lo ves?

–¿Qué? –preguntó Tabitha, apretando la mano de Kairos hasta hacerle daño.

–Ese parpadeo –él señaló la pantalla y los dos miraron a la doctora.

–Hay latido –asintió ella. Pero cuando colocó el aparato sobre su abdomen frunció el ceño–. En realidad, hay dos latidos.

Tabitha se quedó sin aliento.

–¿Dos?

–Sí –la doctora señaló dos sitios diferentes en la pantalla–. Ahí y ahí.

–¿Qué significa eso?

–Que va a tener mellizos.

Tabitha miró a Kairos, que estaba pálido como nunca.

–Parece que vamos a tener un heredero y uno de reserva a la vez –intentó bromear.

–Ninguno de los dos será de reserva –dijo él con tono fiero.

–Lo sé, pero es así como se llama. Y es así como tú llamas a tu hermano.

–Voy a prohibir el uso de ese término –anunció él, con los ojos clavados en la pantalla–. Mellizos. ¿Está absolutamente segura?

–Completamente –respondió la doctora–. Parece que el sangrado no era nada importante y que la semana pasada era demasiado pronto para detectar el latido.

Kairos se inclinó para besar a Tabitha en la mejilla.

–Estás llena de sorpresas, mi reina.

–Literalmente.

Tabitha, con los ojos clavados en la pantalla, con la prueba de la vida ante ella, suspiró de felicidad.

–Me alegro mucho de que hayas superado el pasado, Kairos.

–¿Ah, sí?

–Sí, cariño. Porque durante los próximos dieciocho años vamos a estar muy ocupados.

Epílogo

EL DÍA de Nochevieja era oficialmente el día favorito de Kairos. Lo había sido durante los últimos cinco años, desde aquella Nochevieja en la que su mujer lo esperó en su despacho a medianoche para pedirle el divorcio.

Porque desde entonces todo había cambiado. Y, sobre todo, él había cambiado.

Miró el gran salón familiar del palacio, con sus preciosos adornos navideños y el enorme árbol lleno de brillantes luces en una esquina. Aquella sería la última noche antes de que retirasen los adornos y todo volviese a la normalidad.

Los niños ya estaban protestando, por supuesto. Las mellizas, junto con los tres hijos de Zara y Andres, y uno más en camino, no querían que terminasen las fiestas.

—No quiero irme a la cama —protestó Christiana, haciendo uno de esos pucheros que eran a la vez irritantes y adorables. Con cuatro años, había descubierto que podía usar eso para manipular a sus padres.

—Yo tampoco —se apuntó Cyrena, haciendo un idéntico puchero.

—Es casi medianoche —explicó Kairos.

—No es verdad —dijo Christiana.

—Bueno, lo es en alguna parte del mundo —intervino Tabitha.

Andres soltó una carcajada.

–Eso no es suficiente para mi sobrina. Es demasiado lista.

–Preocúpate de tus hijos –le espetó Kairos, en tono de broma.

–Los míos aún no saben nada de números. Vivo con miedo de que llegue ese día.

–Y el día que aprendan a leer –intervino Zara, llevándose una mano al hinchado abdomen.

–Bueno, chicas, es hora de irse a la cama –insistió Kairos–. Pero estoy seguro de que, si se lo pedís amablemente, la abuela Maria subirá a leeros un cuento.

Su madre sonrió desde el sofá. Las reconciliaciones nunca eran fáciles y había sido particularmente difícil para Andres. En cuanto a él, durante el primer año había tenido que lidiar con la rabia y la tristeza por el tiempo perdido, pero estaba decidido a no perderse un solo año más por los errores del pasado.

Lo único que podían hacer era seguir adelante y, al ver a su madre con los hijos de Andres, supo que ninguno de ellos lamentaba la decisión de librarse del pasado.

–Claro que sí –dijo ella–. Nunca me canso de leerles cuentos.

Maria se llevó a los niños de la habitación y Andres miró a Zara.

–¿Estás agotada, mi princesa?

–Mucho –respondió ella–. Y me duelen los pies.

–Bueno, vamos al dormitorio y te frotaré los pies. Y posiblemente otras cosas.

Zara le dio un golpe en el hombro, pero enseguida lo siguió a la habitación, dejando solos a Kairos y Tabitha.

Fue entonces cuando ella se volvió hacia su marido con una sonrisa maravillosa. Perfecta.

–¿Crees que aguantaremos hasta medianoche?

–Siempre intento estar despierto hasta medianoche

en Año Nuevo. Por si acaso decides pedirme el divorcio.

—Imposible —Tabitha se rio, mirando alrededor—. ¿Te imaginas lo que nos hubiéramos perdido?

—No quiero ni pensarlo. Agradezco tanto que me dieras una segunda oportunidad.

—Yo también —Tabitha se apoyó en su torso, envolviendo un brazo en su cintura—. ¿Recuerdas cuando te dije lo difícil que era para mí ser feliz en el presente?

—Sí, lo recuerdo.

—Ya no lo es. He vivido un millón de momentos perfectos desde que dijiste que me querías y este es uno de ellos.

Kairos miró los adornos navideños, el muérdago rodeando las columnas, el abeto lleno de luces. Tenía que estar de acuerdo. Era el momento perfecto, la mujer perfecta.

La vida perfecta.

Bianca

El magnate griego no estaba dispuesto a renunciar a su hijo...

La bella Eve Craig cayó bajo el influjo del poderoso Talos Xenakis en un tórrido encuentro en Atenas. Tres meses después de que perdiera con él su inocencia, perdió también la memoria... Eve consiguió despertar el deseo y la ira de Talos a partes iguales. Eve lo había traicionado. ¿Qué mejor modo de castigar a la mujer que estuvo a punto de arruinarlo que casarse con ella para destruirla? Entonces, Talos descubrió que Eve estaba esperando un hijo suyo...

UNA PASIÓN EN EL OLVIDO
JENNIE LUCAS

Acepte 2 de nuestras mejores novelas de amor GRATIS

¡Y reciba un regalo sorpresa!

Oferta especial de tiempo limitado

Rellene el cupón y envíelo a

Harlequin Reader Service®

3010 Walden Ave.

P.O. Box 1867

Buffalo, N.Y. 14240-1867

¡Sí! Por favor, envíenme 2 novelas de amor de Harlequin (1 Bianca® y 1 Deseo®) gratis, más el regalo sorpresa. Luego remítanme 4 novelas nuevas todos los meses, las cuales recibiré mucho antes de que aparezcan en librerías, y factúrenme al bajo precio de $3,24 cada una, más $0,25 por envío e impuesto de ventas, si corresponde*. Este es el precio total, y es un ahorro de casi el 20% sobre el precio de portada. !Una oferta excelente! Entiendo que el hecho de aceptar estos libros y el regalo no me obliga en forma alguna a la compra de libros adicionales. Y también que puedo devolver cualquier envío y cancelar en cualquier momento. Aún si decido no comprar ningún otro libro de Harlequin, los 2 libros gratis y el regalo sorpresa son míos para siempre.

416 LBN DU7N

Nombre y apellido	(Por favor, letra de molde)
Dirección	Apartamento No.
Ciudad	Estado	Zona postal

Esta oferta se limita a un pedido por hogar y no está disponible para los subscriptores actuales de Deseo® y Bianca®.

*Los términos y precios quedan sujetos a cambios sin aviso previo.

Impuestos de ventas aplican en N.Y.

SPN-03   ©2003 Harlequin Enterprises Limited

Una semana de amor fingido
Andrea Laurence

Tenía que fingir ser la novia del soltero Julian Cooper. Habría mujeres que se emocionarían si se lo pidieran, pero no Gretchen McAlister. Su trabajo consistía en organizar bodas, no en ser la novia del padrino, pero después de la ruptura de Julian con su última y famosa novia, salir con Gretchen, una chica normal, era una perfecta estrategia publicitaria.

Julian estaba en contra del plan hasta que conoció a Gretchen. Hermosa y sincera, incluso después de su cambio de aspecto, su nueva novia le hacía desear algo más, algo verdadero.

¿Qué pasa cuando una falsa novia se vuelve verdadera?

¡YA EN TU PUNTO DE VENTA!